― 書き下ろし長編官能小説 ―

秘密の若妻バレー部

河里一伸

竹書房ラブロマン文庫

目次

この作品は、竹書房ラブロマン文庫のために
書き下ろされたものです。

プロローグ

二月上旬の土曜日、大学二年生の寺本裕児は北関東・M市の東部地区体育館のアリーナに来ていた。

今、バレーボールコート二面分の広さがあるアリーナの隅には、裕児と隣に立つ赤色のバレーの練習着姿でセミロングの髪の美女、そしてその前には同じデザインの練習着姿の七人の女性がいた。

ただ、覚悟はしていたものの、いずれも百六十五センチの自分よりも身長の高い女性たちに目の前に並ばれると、さすがに気後れを覚えずにはいられない。

しかも、自分の隣にいる美女は百七十七センチと、十二センチも背が高いのだ。

「その子が、千羽耶の言っていた又従弟ね？」

並んでいる七人のうち、茶髪のボブカットに目鼻立ちが整った小顔の、見るからに快活そうな長身美女が、興味深そうな顔で口を開いた。彼女は手足が長いモデル体型で、裕児よりも十センチくらい背が高いため、目を合わせようとするとやや見上げる格好になってしまう。

「はい。身長のこととか膝の故障とかあって、二年生以降は目立った活躍はできなかったんですけど、県内の高校バレーの名門校に推薦で入ったくらい上手なんですよ」

裕児の隣にいる神崎千羽耶が、我がことのように自慢げに応じると、

「なるほど。背は低いけど、実力は確かなわけね？　監督兼コーチとしては、適任と言ってよさそうかも」

と、質問した美女も納得したように頷く。

「ええと、ちー姉ちゃん？　今さらだけど、本当に僕でいいの？」

裕児は、横の六歳上の又従姉に小声で声をかけた。

「もちろんよ。と言うか、裕児くんに引き受けてもらえなかったら、『ほほえみ』の解散はほとんど確定しちゃうって、一昨日も話したでしょう？」

「それは、そうなんだけど……」

そう応じながら、裕児は二日前のことを思い出していた。

大学が長い春休みに突入して数日が経ったその日、雪でアルバイトを休んだ裕児が

家にいたところ、千羽耶から急に連絡が来て自宅で会うことになった。

父方の親類である千羽耶は、二年前に結婚して裕児が住んでいる市に引っ越してきたが、こちらを訪ねてきたことは年始の挨拶以外は数えるほどしかない。別に仲が悪いわけではないものの、お互い不干渉のスタンスを保っていたのだ。

裕児にしても、結婚した六歳上の又従姉に対して積極的に連絡をする気にならず、アルバイトや大学生活の慌（あわ）ただしさを理由に避（さ）けていた感がある。

何しろ、千羽耶は初恋の相手であり、バレーボールを始めるキッカケになった女性でもあるのだ。

彼女とは、今は亡き祖父母の家に行くとよく会っており、物心がついた頃から「ちー姉ちゃん」と呼んで慕（した）っていた。さすがに覚えていないが、せっかく祖父母の家に行っても、又従姉が来ていないと幼少の裕児は不機嫌になり、「もう帰る」と言い出して両親や祖父母を困らせたらしい。

そして、今から十一年前、当時中学三年生だった千羽耶の引退試合を見に行った裕児は、下手くそなりに懸命にプレーする彼女の姿に心を奪われ、バレーボールを始めたのである。

もっとも、これが初恋故の心理だったことには、あとになってから気付いたのだが。

しかし、二年半ほど前に千羽耶が婚約の報告をしに来て、裕児の秘めた恋はあえなく散ってしまった。

そんな相手が、何やら頼みがあるらしく来訪すると言うのだから、さすがに緊張を拭えない。

ましてや、昨年九月から父親が仕事で海外に行っており、母もそれについて行ったため、自宅にいながら一人暮らし状態なのである。失恋したとはいえ、恋い焦がれていた相手と二人きりで会うことに、戸惑いがないと言ったら嘘になる。

(それに、僕に頼みっていったいなんなんだろう?)

という疑問を抱きながらも、裕児は彼女の訪問を了承した。

そうしてやってきた又従姉は、「わたしが所属しているママさんバレーチーム『ほほえみ』の監督兼コーチをやってもらえない?」と、予想もしていなかった話を切り出したのである。

裕児が呆気に取られていると、千羽耶は事情を説明してくれた。

「『ほほえみ』は、勝敗は二の次で六人制バレーを楽しむ、というのが設立時からのモットーなの。もっとも、できた八年前の初期メンバーは残っていないんだけど。とにかく、そんなモットーだったから、ずっと監督とかコーチとかもいなくて……でも、とってもアットホームだし、毎週市立の体育館を借りて、みんなでバレーを楽しんでいたわ。だけどこの間、九人制のチームから、『ほほえみ』が使っている時間を譲る(ゆず)ように求められたのよ」

「そんなの、おかしくない？　市立の体育館は、誰が使おうと自由じゃないの？」

「そうなんだけどね。それを言ってきたところは、全国大会に出るような強豪で、所属している人数も多いのよ。それで、今の回数だと満足な練習ができないから、わたしたちが使っている火曜日と土曜日の時間も使いたいって……」

ママさんバレーは九人制が主流で、六人制はあまり盛んではない。

とはいえ、体育館のアリーナはコートごとではなく全面でレンタルしなくてはならない。したがって、違うチーム同士の共有はできないのだ。

九人制の強豪チームが、勝敗に関係ない、言わばお遊びのバレーをしている六人制サークルが占有している時間を、「無駄」と考えるのは当然かもしれない。

土曜日は、大会などで使えないこともしばしばあるが、滅多に予定が入らない火曜日が練習に使えるようになるだけでも、多人数のチームとしてはありがたいはずだ。

「それに、ウチのチームは八人しかいないから、練習でも六人同士での試合とかできないし、相手の言い分に強く反論できなくて。でも、解散するのも嫌だったから、一ヶ月半後に六人制のルールで勝負をすることになったの。わたしたちが勝ったら、今までどおり体育館を使う、向こうが勝ったら『ほほえみ』が使っている時間を譲るって条件でね」

「一ヶ月半か……随分、間が空くね？」

「三月末までは、もうわたしたちが予約しちゃっているし、四月と五月は体育館が改修工事で休みになって、どのみち使えないのよ。それに、九人制と六人制はネットの高さとかボールとかが違うから、あっちも慣れる時間が欲しかったみたい。まぁ、それでもウチにハンデを与えたつもりなんだと思うけどね」

と、千羽耶が肩をすくめた。

九人制の人間が六人制のルールで戦うなど、普通であれば圧倒的に不利と言える。何しろ、ネットの高さはもちろん、ボールの重ささえ違うのだ。しかし、相手チームの監督は「ほほえみ」に有利なはずの条件でも勝てる、と踏んだらしい。

もっとも、九人制で全国大会に出る強豪チームと、これまで六人制の大会で一勝もしたことがない弱小チームの対戦となれば、相手の余裕も当然かもしれないが。

「わたしたちとしても、チームを解散させたくないから、今回だけはなんとか勝ちたいと思っているの。だけど、ウチのメンバーはみんなバレー好きだけど、他の人の指導ができるほど上手じゃないのよ」

「なるほど、そういうことかぁ」

彼女の説明に、裕児は納得の声をあげていた。

正直、千羽耶は中学の頃から背丈（せたけ）こそあったが、運動神経が悪かったため実力はからっきしだった。中学や高校でレギュラーになれたのも、弱小チーム内で背が最も高かったおかげらしい。

一方の裕児は、バレーボールのセンスがあって、小学生チームに所属して間もなくレギュラーの座を得た。そして、中学でも小柄ながら部を牽引（けんいん）して活躍し、県内の強豪高校に推薦で入学するほど将来を嘱望（しょくぼう）されていたものである。

ところが、運命の皮肉と言うべきか、裕児の身長は高校に入った時点の百六十五センチで、ピタリと止まってしまった。もちろん、牛乳を飲むのをはじめ、「背が伸びる」と言われることはあれこれ試した。しかし、いったん止まった身長は一センチも伸びなかったのである。

千羽耶の百七十七センチでも、男子バレーの選手としては決して高いほうではない。だが、裕児の才能で彼女くらいの背丈があればもっと活躍できただろう、とは色々な人から言われて惜しまれたものだ。

結局、低身長でもできるリベロで頑張ったが、二年生に進級して早々に左膝を故障したこともあり、裕児の活躍の場は次第に失われていったのだった。

（う〜ん……高校時代は、後輩の指導とかもしていたから、二年くらいバレーから離れていても、人に教えたりするのは問題なくできると思うけど……）

裕児の指導は、「分かりやすい」と後輩から評判で、高校時代は部活の引退後も監督から請われて何度か指導に出向いたりしたこともある。

しかし、大学に入ってからは一度もボールに触れていなかった。

バレーをやめた表向きの理由として、裕児はいつも身長のことを口にしていた。これだけで、だいたいの人は納得する。

だが、実は高校の部活を引退したのと同時期に、千羽耶から婚約の報告を受けたことが大きかった。

同じ競技をしていれば、共通の話題で話も弾むし、いつか彼女に振り向いてもらえるかも、という思いで、裕児は懸命にプレーしてきたのである。それなのに、思い人は他の男と結婚を決めてしまった。

これは、低身長という不利を押してまでバレーを続ける意欲を奪うには、充分すぎる出来事だった。

（その、ちー姉ちゃんがいるチームの指導か……ママさんバレーってことは、みんな女の人だよなぁ）

裕児は、ずっと千羽耶を思っていたこともあり、中学時代も高校時代も異性との交際経験がまったくない。また、高校も共学だったがバレー部は男女が完全に別れていて、部員同士の交流はほとんどなく、女子の面倒を見たことなど一度もなかった。

ましてや、今回はママさんバレーということで、二十歳の裕児よりも年上の女性ばかりなのは間違いないのだ。そんな相手の指導など果たして自分にできるのか、という思いは拭えない。

「どうかな？　アルバイトとかで、どうしても都合がつかないんなら諦めるけど、他に指導してくれる人のアテもないから……」

「バイトは、時間の融通がいくらでも利くから別に問題ないんだけど、バレーからはしばらく離れているから……」

「ブランクは、気にしなくていいわ。情けない話だけど、ウチのチームの実力じゃ、おそらく今の裕児くんにも遠く及ばないと思うし」

こちらの不安に対して、千羽耶がそう応じる。

裕児は、飲食店の料理を注文した家庭に自転車で運ぶ、デリバリーサービスの配達パートナーのアルバイトをしていた。

この仕事のいいところは、配達パートナー専用のアプリのオン・オフで働く時間を自分の裁量で決められる点にある。コーチをするのは、火曜日と土曜日の週二回だけとのことなので、そこだけ予定を空ければ問題はまったくない。

「ねぇ、お願い。わたし、これからも『ほほえみ』でバレーを続けたいの」

と、初恋の女性からすがるように頼まれて、裕児は迷ったものの首を縦に振ったのだった。


(……で、ある程度は覚悟していたけど、これは予想以上に酷いな)

自己紹介を終えて始まった練習風景を見て、裕児は内心で頭を抱えていた。

とにかく、千羽耶とモデル体型美女の園部由紀、それにもうひとりの伊藤明里というアタッカー三人のレベルが低いだけでなく、他のメンバーも高校の体育の授業並かそれ以下ではないか、という体たらくだったのである。

もちろん、二ケ月前に入会したばかりで、中学一年生のときしかバレー部にいなかったという山口奈々子、彼女と同時期に入会し、学生時代の授業を除けば本当にバレーボールの経験がない井口寿子は、下手くそでも仕方があるまい。

だが、あとはバレーをずっと続けてきたはずの千羽耶を含め、他のメンバーもどんぐりの背比べというレベルだった。

この有り様では、今まで一勝もできなかったのも納得だし、九人制チームの監督が六人制の土俵で勝負しても勝てる、と踏んだのも当然だろう。

（はぁ。これは、各々の練習メニューを考えるだけでも一苦労だなぁ）

心の中でため息をつきながら、裕児は改めて練習中のメンバーを眺めた。

ただ、そうして見つめると、今さらのようにいずれも自分より背が高い人妻たちの色気のある姿が目につくようになってきた。

千羽耶は、半袖シャツと半ズボンのバレーボールパンツの練習着姿とはいえ、整った身体のラインが浮き出ており、スパイクを打ったりするたびにふくらみがわずかに揺れているのが分かる。スポーツブラで動きを抑えているはずだが、彼女のサイズになると着地の振動による揺れまでは防げないようだ。

また、由紀の練習着から伸びる長く白い肢体も、百七十五センチの長身も相まって躍動すると非常に魅力的である。しかも、又従姉より胸が一回り大きいので、着地時に揺れる乳房がいっそう目につく。

そして、なんと言ってもレシーブの基礎練習をしている初心者の奈々子の大きなバストが、裕児の目を惹いてやまなかった。

何しろ、又従姉の胸ですら躍動すると揺れるのに、チーム内で最大の爆乳となれば当然の如くいっそう目立つ。加えて、実力が低く「あわわ……」とボールを追いかけてドタバタ動き回るため、そのたびに爆乳がバインバインという音が聞こえてきそうなくらい、上下に大きく揺れるのだ。

それでも、顔が好みでなければなんとか目を奪われずに済んだかもしれない。しかし、奈々子は、今は後ろで結わえているが黒髪のロングヘアで、清楚で清純そうな美貌の持ち主だった。それでいて爆乳なのだから、つい目が向いてしまうのは男として当然ではないだろうか？

他のメンバーにしても、みんな裕児よりも年上で背が高いこともあるのか、同世代の女子学生にはない色気が感じられた。

そんな女性たちに囲まれている、という事実を意識すると、自然と股間に血液が集まってきそうになる。

（ああ、イカン！　みんな、真剣に練習しているのに、僕がこんなことを考えていたら失礼だろうが！　けど、この環境に耐えられるのかな？）

何しろ、こちらは女性との交際経験はおろか、風俗遊びすらしたことのない正真正銘の真性童貞なのだ。半袖半ズボンの練習着姿の人妻たちを間近で見ていたら、悶々としておかしくなってしまうかもしれない。

裕児は、年上の教え子となる選手たちに性的な目を向けてしまったことを反省しつつも、今後に一抹の不安を抱かずにはいられなかった。

第一章　女子更衣室で筆おろし

1

「……というわけで、アタッカーのちー姉ちゃんと園部さんと伊藤さんは、僕がビデオカメラで撮影したフォームを確認しつつ修正点を指示します。堀江さんは、ジャンプ力を鍛える練習をしてください。リベロの茅野さんは、ボールへの反応速度を上げる練習ですね。山口さんは、パスの練習を兼ねてセッターの中原さんと組んでください。それで、中原さんのトスの精度アップも図ります。井口さんは、茅野さんに付き合ってボールを放ってあげてください。あとで、山口さんと井口さんにも個別の練習メニューを出します」

火曜日の練習日、裕児は柔軟体操と簡単な基礎練習を終えたメンバーとのミーティングで、それぞれの問題点を改善するための提案をした。

ちなみに、練習内容を実際にやってみせる必要性も考えて、裕児も上が高校時代の練習着、下は体育のジャージに着替えている。

本来であれば、ほぼ初心者の山口奈々子と井口寿子のみならず、全員を基礎の基礎から徹底的に直したかった。それくらい、「ほほえみ」の面々のレベルは低いのである。

しかし、試合までの期間や練習できる時間を考えると、さすがにそういうわけにもいかない。そこで、裕児は初心者の二人を除くメンバーについては、主に欠点の修正で実力の底上げを図ることにしたのだった。

もちろん、これが充分な対策とは思っていない。だが、今回の目標はあくまでも体育館の使用権を守り、「ほほえみ」を存続させることにある。今は、たとえ付け焼き刃でも短期間でレベルアップさせることを優先するべきだろう。

それに、相手は六人制バレーに慣れていない。いくら一ヶ月半あるとはいえ、毎日練習するわけではないので、おそらく相手チームの監督が思っているよりも適応に時間がかかるはずだ。

裕児は、そう考えたのである。

ミーティング後、それぞれが指示に従って練習を開始したので、裕児は最初にアタッカー組の練習を見ることにした。

まずは、自宅から持参した三脚とビデオカメラをコート脇に設置し、自らトスを上げてスパイクを何本か打たせ、彼女たちのフォームを撮影する。その映像をスロー再生して見れば、どこが欠点か客観的にも分かりやすくなるのだ。

そうして裕児は、千羽耶、由紀、明里のスパイクのシーンを連続でビデオ撮影すると、同じく持参した十インチのタブレットに動画を取り込んで見せることにした。

タブレットを片手で持ちながら、最初に千羽耶のスパイクシーンを再生し、それが終わったところで頭に戻して、再生速度を落としてスローで見せる。

「……こうやって見ると分かると思うけど、ち一姉ちゃんはボールへの反応が明らかに遅いよね？　だから、ジャンプしてボールをミートするとき、合わせるだけになって威力が出ないし、失敗も多くなるんだ」

「う一ん……わたしとしては、ちゃんと動いているつもりなんだけど、映像で見ると確かに動きだすのが遅いわねぇ。やっぱり、わたし運動神経が鈍いから」

裕児の指摘に対して、千羽耶が横から顔を近づけて画面を覗(のぞ)き込みながら、なんとも残念そうに言った。

憧れの女性の横顔が、息がかかりそうなくらい近くに来たため、裕児の心臓が自然と大きく高鳴る。とはいえ、彼女の真剣な表情を見ると、余計なことを考えている自分が恥ずかしくなってくる。

「ま、まぁ、解決方法は僕のほうでも考えるけど、トスが上がった瞬間にボールがどこに来るかを素早く予測して、そこにタイミングを合わせて走り込んで飛ぶ、ってのが、ちー姉ちゃんの当面の課題かな？　そのためにも、『予測』を意識して練習しないとね。じゃあ、次は園部さん」

平静を装いながらそう言うと、裕児はタブレットに向き直って、八歳上の美女がスパイクする動画に切り替えた。

そして、また一度全体を再生してから、頭に戻ってスローで見せる。

「園部さんの場合、トスに合わせたスタートはいいんですけど、スパイクを打つときのフォームが、一回ごとに乱れていますね」

「そう？　どんな感じにぃ？」

裕児が解説を始めると、由紀が甘えるように言って、肩越しに顔をタブレットに近づけてきた。

おかげで、彼女の身体が腕にくっつき、スポーツブラに包まれたふくよかな感触が伝わってくる。しかも、うっすら汗をかいているせいか、シトラス系の香水の香りに混じって男にはない甘さを伴った匂いまで鼻腔に流れ込んできたため、又従姉のとき以上に心臓が高鳴ってしまう。

「え、えっと……たとえば、この一回目は腕が上がっているのに、二回目は肘が下がって……その、フォームが不安定だから打点が安定しなくて、スパイクの成功率も上がらないんです」

「そうなんだぁ。それで、どうすれば直せるのかしらぁ？」

動揺する裕児の言葉に、八歳上の若妻がそう応じてこちらを見た。ただ、その表情は千羽耶のように真剣なものではなく、どこか楽しそうで、年下の男をからかっているようでもある。

ただ、彼女の意図がどうであれ、頬同士が触れそうな至近距離で見つめられると、胸の鼓動がいっそう速くなるのを抑えられない。

「そ、そうですね……細かな原因は、もっとしっかりチェックしないと分からないですけど、その、一般的には強く打とうとして腕に力が入りすぎると、フォームの乱れに繋がりやすい、と言われていて……」

「へぇ、そうなんだ。もしかして、わたしもそうなのかしら？」

と、横から明里が感心したように声をあげる。

「あっ、は、はい。じゃあ、次は伊藤さんを……」

明里のほうを見て裕児がそう応じると、由紀は「あら、残念」とあっけらかんとした様子で言って身体を離す。

（ふう、助かった。あのまま密着されていたら、完全にチ×ポが勃ってたよ。今も、ちょっとヤバイけど……）

裕児は、内心で安堵のため息をこぼしていた。

実際、股間のモノは由紀の肉体の感触と匂いを間近で感じていたため、体積を若干だが増していた。あと十秒も密着されていたら、完全に勃起していただろう。

そんなことを思いながらも、明里の指導を始める。そのため、裕児は八歳上の若妻が何やら企んでいるようにほくそ笑んでいることに、まったく気付いていなかった。

2

裕児は、アタッカー組以外のメンバーにもそれぞれアドバイスを与えたあと、初心者の奈々子と寿子の面倒を見ることにした。

と言っても、二人は基本のレシーブ練習からになるので、オーバーハンドパスとアンダーハンドパスのコツを教えて、あとは実践させるくらいなのだが。

「さて、それじゃあ僕が見ているので、実際にやってみましょうか？」

と、裕児が彼女たちへの指示を終えて、そのままフォームチェックに入ろうとしたとき、「監督ぅ」と艶めかしい声が背後から聞こえてきた。

振り向くと、そこには頬を赤くした由紀がいた。

「園部さん？　どうかしたんですか？」

「ちょっと、体調が悪くなってぇ。医務室まで、肩を貸してくれなぁい？」

裕児の問いかけに、由紀が熱を帯びた間延びした声で応じる。

（ついさっきまで、あんなに元気だったのに？）

という疑問はあったが、実際に彼女の頬は赤らんでおり、その表情などを見ても熱っぽくなっているのは間違いなさそうだ。

本来であれば、医務室など自力で行ってもらいたいが、熱を出した人間を一人で行かせて途中で倒れられたりしたら、それこそ問題になりかねない。

「はぁ、分かりました。じゃあ、山口さんと井口さんは、僕が教えたことを注意しながら、二人で練習をしていてください」

こちらの指示に、奈々子と寿子が「はい」と声を揃えて応じる。

それから裕児は、肩に摑まった由紀と歩調を合わせて練習場を出た。

ところが、廊下に出て人目がなくなるなり、モデル体型の人妻がさらに身体を寄せてきた。そのため、先ほどタブレットで説明をしていたときと同様に、いやそれ以上に密着度が増す。

「ちょっ……園部さん？」

練習着とスポーツブラ越しに柔らかな感触が、肩甲骨のあたりから伝わってきて、裕児は戸惑いの声をあげていた。

「歩くのが辛いのよぉ。それとも、監督がお姫様抱っことかおんぶとか、してくれるのかしらぁ？」

耳元でそんなことを言われると、さすがに二の句を継げない。

バレー部を引退して久しいが、デリバリーのアルバイトで毎日のようにかなりの距離を自転車で走っているおかげで、まだ体力には自信があった。だが、自分より十センチも背の高い女性を、お姫様抱っこして医務室まで運べるかは微妙なところだろう。

かと言って、おんぶをすれば今以上にふくらみを背中に押しつけられることになる。

そうなると、確かにこの体勢がギリギリ妥協できる範囲かもしれない。

ただ、これだけ密着されると、彼女の体温や汗の匂いが後ろから感じられるため、胸の高鳴りをどうしても抑えられなかった。

(と、とにかく、一刻も早く医務室に……って、医務室ってどこだっけ？)

突然の事態で失念していたが、裕児は体育館の医務室の位置を把握していなかった。

中学時代などに、試合でここを使った経験はある。だが、チームメイトを含めて医務室の世話になったことはないため、場所をまったく知らないのだ。

「あ、あの、医務室ってどこですか？」

「ああ。まずは、地下に降りてぇ」

こちらの質問に、由紀が間髪を入れずに答える。

(医務室が地下にある？　変な構造だな？)

と思いながらも、彼女の体温や感触に動揺していたこともあり、裕児は深く考えずに指示に従って、すぐ近くの階段で地下に降りた。

「えっと、園部さん？　いったい……」

「ねえ？　『園部さん』じゃなくて、『由紀』って名前で呼んで欲しいわぁ。あたしも、二人きりのときは『裕児』って呼ばせてもらうからぁ」

「えっ？　で、でも……」

突然の由紀の提案に、裕児は困惑するしかなかった。

千羽耶のことは、「ちー姉ちゃん」と呼んでいるが、それは幼少時からの癖のようなものだからである。血縁もなく、出会って間もない女性を名で呼ぶというのは、さすがに抵抗を覚えずにはいられない。

「もう。あたし自身が、いいって言っているのよぉ。遠慮するほうが、失礼だと思わなぁい？」

と、由紀がやや不機嫌そうに言う。

「じゃあ……ゆ、由紀さんで……」

「うん、よろしい」

結局、それ以上は強く拒めずに、裕児は彼女を名前呼びすることを了承する羽目になった。

ところが、そんなことをしているうちにたどり着いたのは、女子更衣室の前だった。

ちなみに、男子更衣室は廊下を挟んだ向かい側である。

「あの、ここは更衣室……」

「そうねぇ。ちょっと、先に取っておきたいものがあって。裕児ぃ、ドアを開けてくれるぅ？」

戸惑う裕児に対して、由紀が甘えるように言う。もちろん、彼女が求めているのは女子更衣室のほうだろう。

この地下の更衣室はアリーナ用で、卓球場や剣道場などの更衣室は別にある。また、今の時間は「ほほえみ」のメンバーしかアリーナを使っていないため、誰もいないのは間違いない。それでも、男の自分が女子更衣室のドアを開けていいのか、という気はした。

(まぁ、園部さん……由紀さんが、こんなに近くにいるんだから、万が一誰かいても誤解されることはないと思うけど)

そう考えながらも、緊張を覚えつつ裕児は女子更衣室のドアを開けた。

更衣室内は、壁にロッカーが並び、中央にピンク色のベンチが置かれていて、奥に脱衣所とシャワーブースがある、という構造である。ベンチの色以外は、向かいの男子更衣室と違いはないのだが、異性が着替えをする場所というだけで、まったく違うところに見えてならない。

当然の如く室内は無人で、思わずホッと胸を撫で下ろす。

ところがその瞬間、裕児はいきなり後ろから突き飛ばされた。

完全に油断していたため、突然のことに「うわっ」と声をあげてつんのめりながら、女子更衣室に足を踏み入れてしまう。

慌てて振り向くと、あとから入ってきた由紀が、妖(あや)しい笑みを浮かべながら更衣室のドアを閉め、鍵をかけたところだった。

「うふふ……やっと、二人きりになれたぁ」

八歳上の若妻が、妖しい笑みを浮かべながら言う。

「園……ゆ、由紀さん？　あの、いったいこれは……？」

「あのね、実はあたし、さっきからずっと我慢していたんだけど、もうこれ以上は耐えられそうにないの！　裕児、あたしとセックスしましょう？」

そう言うなり、由紀が抱きついてきた。

もっとも、彼女のほうが十センチ背が高いため、「女性が男の胸に顔を埋める」のではなく、こちらが胸に抱きしめられたような格好なのだが。

ただ、あまりにも唐突な若妻の発言に、裕児は「はぁ？」と目を丸くして硬直するしかなかった。おかげで、練習着とスポーツブラ越しに、顔の近くで感じるふくらみの感触を味わう余裕もない。

何しろ、まだ知り合って間もないというのに、女性が「セックス」というあからさまな言葉を使って、いきなり身体の関係を求めてきたのだ。

エロ漫画などでは、同様のシチュエーションを目にしたことがあるものの、まさか現実にそんな人間がいるとは。ましてや、彼女は結婚三年目の人妻なのである。それなのに夫以外の男を求めるなど、童貞の裕児の常識では考えられないことだった。

「あたしの夫、一歳下の建築家なんだけど、大阪の仕事で三ヶ月前から家にいないのよ。だから、ずっとご無沙汰で、欲求不満が溜まっていたのぉ。それに、裕児って実はあたし好みの可愛い顔をしていて、初めて見たときから気に入っていたのよねぇ」

こちらの心を読んだかのように、由紀が抱きしめたままそんなことを口にした。それが耳元だったため、彼女の息づかいまではっきり感じられて、心臓がいっそう高鳴ってしまう。

「い、いや、その……だからって、こんな場所で……」

「あら？　じゃあ、違う場所ならＯＫってことかしら？」

「いや、えっと、そうじゃなくて……」

なんとか、若妻を引き離して説得したかったが、かえって丸め込まれた格好で二の句を継げなくなる。言葉で彼女に勝つのは、どうやら難しそうだ。

（えっと、僕が好きなのはちー姉ちゃんで、だけどちー姉ちゃんも人妻で、だから人妻とエッチするのは別に……って、違ぁう！　でも、由紀さんのオッパイが押しつけられて、体温と香水と汗の匂いも……しかも、女子更衣室で……ああっ、なんだか頭がグチャグチャだよ！）

予想外の出来事の連続に、裕児の思考は完全な混乱状態に陥っていた。おかげで、自分が何をするべきかを考えられず抵抗することすらできない。

すると、その隙を突くように、由紀がいったん身体をやや離して顔を近づけてきた。そして、こちらが声を発する間もなく唇を重ねてくる。

「んっ……んちゅ、ちゅっ、チュバ……」

二十八歳の若妻が、ついばむようなキスをし始めた。

その唇の感触とぬくもりに、混乱していた裕児の思考回路は一瞬でフリーズを起こしてしまった。

（き、キスされて……）

それだけ考えるのが精一杯で、他のことなど考える余裕もない。

さらに、彼女の舌が口内に入り込んできた。

「んじゅる……んっ、んろ……んむ、じゅぶる……」

吐息のような声と共に軟体物が口の中で這い回り、それから舌が絡め取られる。すると、その接点から今まで経験したことのない心地よさがもたらされる。

しかし、頭が真っ白になった裕児は、抗(あらが)うことも自分が舌を動かすことも考えられず、ただただ彼女のなすがままになるしかなかった。

3

「んじゅる……ふはあっ」

やがて、由紀が声を漏(も)らして唇を離した。すると、二人の口の間に唾液(だえき)の糸が引き、それがプッツリと切れる。

「裕児って、女性経験がないわよね？　もしかして、今のがファーストキスだったのかしら？　って、聞こえてないみたいね」

からかうように、若妻がそんなことを言う。

実際、裕児はいきなりディープキスまでされた衝撃で、彼女の言葉など耳に入っていなかった。

「オチ×ポ、すっかり大きくしちゃって。じゃあ、脱がすわよ？」

こちらが呆(ほう)けている間に、由紀は下に目をやってそう言うとしゃがみ込み、ジャージのズボンを引き下ろした。

トランクスを露わにされて、我に返った裕児は「ふえっ?」と素っ頓狂な声をあげる。だが、八歳上の人妻は躊躇の素振りも見せず、下着まで一気に脱がしてしまう。そうして下半身が剝き出しになると、一物が勢いよく天を向いてそそり立った。

「あら、立派。裕児のオチ×ポって、こんなに大きかったのねぇ? ふふっ、これは予想以上に楽しめそう」

由紀が舌なめずりをせんばかりに、妖しい笑みを口元に浮かべる。

「あ、あの、由紀さん……」

と、裕児は言葉を発しようとした。しかし、何を言っていいか分からず、これ以上は声にならない。

「うふふ……大丈夫だから、裕児は何も考えないで、わたしがすることに身を委ねていなさいな」

なんとも楽しそうに言うと、彼女はペニスを優しく握った。

途端に、性電気が肉棒から流れてきて、裕児は「はうっ」と声をあげてのけ反っていた。

何しろ、カノジョいない歴=年齢で風俗経験もない真性童貞である。このように他人に、いわんや女性に分身を握られたのは、もちろん初めての経験だ。「握る」という行為自体は自分の手と同じなのだが、手の感触が異なるだけで竿から伝わってくる心地よさも異なる気がしてならない。

そんなことを漠然と思っていると、由紀が手を動かしてペニスをしごきだした。

「くっ……ふあっ！　うっ、そ、それっ、くうっ……」

自分でするのとは異なる快感がもたらされ、裕児は自然に声をこぼしてしまう。

「ふふっ、いい反応。でも、これからが本番なんだからね？」

からかうように言って、八歳上の若妻が肉棒の角度を変えた。そして、亀頭に顔を近づけると舌を出す。

彼女が何をする気かは、いちいち考えるまでもなく明らかだ。

（ふぇ、フェラチオ……）

アダルトビデオやエロ漫画では、ほぼ必ず描かれていると言っていい定番の行為だが、まさか女性のほうから進んでしてくれるとは思いもよらなかったことである。

それだけに、彼女を止めることも忘れて、目を見開いて次の動作を見守ってしまう。

由紀は、あからさまに見せつけるように、ゆっくりと舌を一物に近づけた。そして、ついに可憐な舌先が先端部に触れる。

その途端、衝撃的な性電気が発生して、裕児は再び「あうっ！」と声をあげていた。

「ふふっ。本当に、いちいち初々しい反応ねぇ。なんだか、ついつい意地悪したくなっちゃうわぁ」

そんなことを言いながら、彼女が先端を舐め回しだす。

「レロロ……チロ、チロ……ンロ、ピチャ……」

若妻の吐息のような声と共に、舌が亀頭を這い回り、その接点から強烈な性電気が発生する。

「はうっ！　くうっ、そっ、それっ。ううっ……！」

裕児は、我慢しきれずに呻き声をこぼしていた。もっとも、初めての鮮烈な快感を味わいながら、それでも廊下に響くような大声を出さなかっただけでも、頑張ったほうだと我ながら思うのだが。

「レロ、レロ……ンロロ……」

由紀が、舌をカリから竿に移動させ、ネットリと絡みつかせるように動かす。

「くはあっ！　うくうっ……！」

巧みな舌の動きに合わせて、裕児はひたすら喘いでいた。

想像していた以上の快電流が、一物から脊髄を伝って駆け上がり脳を灼く。この快感を堪えることなど、普通の男では不可能に思えてならない。

なんと言っても、自分より十センチも背が高い女性が跪いて、こうして奉仕してくれている様が、征服欲にも似た興奮を煽ってやまなかった。

ところが、ひとしきり肉茎を舐めると、由紀は急に舌を離してしまった。

すると、性電気の注入も止まって、裕児は思わず「えっ？」と疑問の声を漏らしてしまう。

「あら？　止まっちゃって、残念だった？」

「その……はい」

八歳上の若妻にからかうように聞かれて、裕児は恥ずかしさを覚えながら頷いた。

「ふふっ、正直な子は好きよ。あたしも、本当はじっくりしたいんだけどね。場所が場所だし、あんまり時間をかけると誰か来ちゃうかもしれないから、あとはちょっと強めにするわね？　大声を出さないように、気をつけてちょうだい」

そう注意すると、彼女は「あーん」と声を出しながら口を開けて、肉棒を口に含んだ。そして、根元近くまで呑み込んだところで動きを止め、唇を閉じる。

生温かな口に分身の大半を包み込まれた心地よさに、裕児は自然に「ふあっ」と声をこぼしてしまう。

「んっ。んんっ、んじゅっ、じゅぶるる……じゅぶぶっ、んじゅぶるる……」

由紀は、嬉しそうに小さな声を漏らし、それからやや大きな音を立てながら顔を動かしだした。

すると、唇で竿がしごかれて、新たな快電流がそこから発生する。

「くあっ。そ、それっ。はうっ！　くううっ……！」

一物から流れ込んできた快感の強さに、裕児はおとがいを反らしつつ我ながら情けないと思う声をあげていた。事前に注意を受けていなかったら、もっと大きい声を出していたかもしれない。

(女の人に、こうやってチ×ポを咥えてもらうことは、何度も想像していたけど……こ、これは気持ちよすぎる！)

竿をしごくという行為そのものは、手と変わらないはずである。しかし、口でされると手とは異質の、より鮮烈な快感が脳に流れ込んでくる気がした。こんなものを経験してしまったら、もう孤独な指戯で抜いても満足などできなくなってしまうかもしれない。

裕児がそんなことを思っていると、彼女がまた動きを止めて今度は頬をすぼめるようにして口内を狭くした。そのせいで、一物への密着感が増す。

「んんっ。ズズ……んんっ。じゅぶぶぶ……」

その状態で、由紀はストロークを再開した。

動きは緩慢になったが、肉棒と口の密着度が高いため、先ほどと同じかそれ以上の快感が脊髄を伝って流れ込んで来る。

これは、いわゆる「バキュームフェラ」というものだろう。

フェラチオすら初体験なのに、女性にここまでしてもらえるとは夢にも思っていなかったことである。

(ああ、なんて気持ちいいんだ……これが、現実のフェラチオ……)

初めての行為の連続でもたらされる鮮烈すぎる心地よさに、裕児はすっかり酔いしれていた。

天にも昇る心地というのは、こういうことを指すのではないだろうか?

もはや、若妻のすることを止めようという思いは消え去り、ただひたすらこの心地よさを味わっていたいという思いが、裕児の心を支配していた。

だが、真性童貞にバキュームフェラの刺激はいささか強烈すぎる。

「くうっ。も、もう出る！」

限界を感じた裕児は、上擦った声でそう口走っていた。

自慰でも、これほどあっさり達しそうになることは滅多にない。初フェラチオの興奮はもちろんだが、バキュームフェラの刺激の強さが射精感を一気に高めたのは間違いあるまい。

「ズズジュ……んっ、んっ、んっ……」

こちらの訴えを受けて、由紀が口をすぼめるのをやめた。そして、くぐもった声を漏らしながら、顔の動きを小刻みなものに切り替え、さらに手で竿を軽くしごきだす。

言葉はなかったが、その行為だけで彼女が口内射精を望んでいることは、容易に理解できる。

（さ、さすがにそれは……）

とためらいの気持ちは湧いてきたものの、この快感は我慢できるものではない。

そして、我慢の限界を迎えた裕児は、「はううっ！」と呻くなり、八歳上の若妻の口内に向かって、今までの人生で最大級と思うほど勢いよく、己の欲望を解き放っていた。

4

「んんっ……んっ……」

長く激しい射精が終わると、由紀が声を漏らしながら、ペニスをゆっくりと口から出した。

肉棒を解放された裕児は、射精の余韻で放心し、その場に尻餅をつくように座り込んでしまう。

「んっ。んぐ、んむ……」

こちらを尻目に、若妻が声を漏らしながら精液を飲みだした。

(せ、精液を、本当に飲んで……)

裕児は、射精の余韻に浸りながら彼女の行動を呆然と眺めていた。

精飲という行為そのものは、エロ漫画やアダルトビデオでよく目にしていた行為である。しかし、こうして実際に目にするとどうにも信じられないものを目にした気分にならざるを得ない。

ましてや、自分が出したものを女性が飲んでいるのだ。実は、まだ自宅の布団の中で淫らな夢を見ている最中だ、と言われたら信じてしまいそうなくらい現実感がない光景に思える。もっとも、キスからフェラチオまですべてが初体験なのだから、呆然としてしまうのは当然かもしれないが。

「ふはあっ。すごい勢いと量。それに、とっても濃くてぇ……あたし、フェラしていただけで、ものすごく興奮しちゃったぁ」

　間もなく、精液を処理し終えた由紀が、こちらを見ながら口を開いた。

　彼女の目は潤み、頬の紅潮も先ほどより濃くなっている。「興奮した」というのが本当なのは、この様子からも明らかだ。

「裕児のオチ×ポも、まだ大きいままぁ。これなら、続けてしちゃっても大丈夫そうね？」

　そう言いながら、由紀はためらう素振りも見せずに、自ら練習着の短パンとショーツを脱いだ。

　すると当然、彼女の下半身が露わになって、しっかり逆デルタに整えられた恥毛と割れ目が姿を見せる。

（あ、あれがオマ×コ……なんか、ぬ、濡れて……）

　裕児は尻餅をついたまま、八歳上の若妻の下半身に目を奪われていた。

　画面越しや絵に描かれたものとは違う、生の女性器をこうして見たのは、もちろん初めてである。

　しかも、秘裂からは蜜が溢れ出ており、下着を穿いていたせいで濡れた恥毛が皮膚にへばりついていた。その生々しい光景が、淫靡さをいっそう醸し出している気がしてならない。

そんなことを思いながら見とれていると、彼女がこちらに近づいてきた。

「裕児、寝そべって」

と指示を出されて、裕児は「あ、はい」と半ば反射的に上体を倒し、床に横たわってしまう。

すると、由紀がまたがってきてペニスに秘部を近づけた。それから、竿を握って先端部と秘裂の位置を合わせる。

「本当なら、オマ×コを愛撫してもらいたかったんだけど、時間があんまりないし、あたしももう濡れちゃってるから、このまましちゃうわねぇ。裕児の童貞オチ×ポ、いただきまぁす」

そう楽しそうに言うと、彼女は腰を沈めだした。

「あっ。くうっ！」

亀頭が割れ目に飲み込まれていくと、それだけで得も言われぬ快感がもたらされて、思わず声がこぼれ出てしまう。

「本当に、初々しくて可愛い。ふふっ、もっとよくして、あ・げ・る」

と言いながら、八歳上の若妻はさらに腰を下ろしていく。すると、竿が温かな膣壁にどんどんと包まれていった。

（ふああっ！　こ、これが女の人の……）

何度となく感触を想像はしていたが、予想以上の膣内の心地よさに、裕児は心の中で呻いていた。

射精直後でなかったら、この快楽に耐えきれずあっさり暴発していたかもしれない。

由紀は、そのまま腰を下ろし続けた。そして、とうとうその動きが止まり、肉棒全体が彼女の中に埋まる。

「んあああっ。んっ。こ、これぇ。予想はしていたけど、子宮を押し上げてぇ……ああ、こんなオチ×ポ、あたし初めてよぉ」

動きを止めた八頭身美女が、身体を震わせながらそんなことを口にする。

その恍惚（こうこつ）とした表情を見る限り、お世辞ではなく本当に気持ちよさそうだ。

一方の裕児も、分身を包む膣の感触の心地よさにすっかり酔いしれていた。

（ふわあ……す、すごい。中がチ×ポに吸いついてくるみたいで、しかも脈打っているのがはっきり分かる）

挿入の途中も気持ちよかったが、こうして分身がすべて女性の中に呑み込まれた感覚は、またひと味違うものに感じられてならなかった。何より、モデル顔負けの美貌とスタイルを誇る長身美人妻に押し倒される格好で一つになっていることが、未だに夢でも見ているようで現実とは思えない。もっとも、自分より背の大きな女性に乗られていると、まるで逆レイプをされているような感覚にならざるを得ないのだが。

裕児が、膣の感触に酔いしれながらそんなことを考えていると、由紀が練習着をたくし上げてスポーツブラに包まれたバストを露わにした。

その光景に、裕児は思わず息を呑み、またしても目を奪われてしまう。

「ふふっ、マジマジと見つめちゃって……いいわよ、本物のオッパイを見せてあげるわねぇ」

からかうように言ってから、由紀はスポーツブラもたくし上げて乳房を露わにした。

そのふくらみは、奈々子ほどのボリュームはないものの、ブラジャーの支えを失っても釣鐘型を保っており、頂点のピンク色の突起は存在を誇示するようにツンと屹立している。また、バストに充分な大きさがあるので、練習着やブラジャーをめくり上げても、上にそのままとどまっていた。

(お、オッパイ……本物だ)

もちろん、映像や写真や絵では女性のバストを何度となく目にしていた。しかし、少なくとも物心がついてから、生の乳房をこうして目にしたのは初めてである。

そのため、裕児は改めて感動で胸が熱くなり、新たな興奮が湧き上がってくるのを抑えられなかった。

「んあっ。裕児のオチ×ポ、中でビクンってしたぁ。ふふっ、あたしのオッパイに興奮してるんだぁ？　それじゃあ、もっと興奮させて、あ・げ・るぅ」

楽しそうに言うと、八歳上の若妻は裕児の腹に手をついた。そして、腰を小さく上下に動かし始める。

「んっ、あっ、あんっ。はうっ、いいっ！　あんっ、これっ、あんっ、裕児のオチ×ポッ、ふあっ、気持ちいいっ。あんっ、はあっ……」

動きだすなり、彼女の口からやや控えめな、悦びの声がこぼれだした。

同時に、鮮烈な快感信号が肉棒から脊髄を伝って、裕児の脳に流れ込んでくる。

「くあっ、あふうっ！　はっ、ああっ……！」

初めての抽送でもたらされた快感に、裕児も若妻の動きに合わせて思わず声を漏らしていた。

（くうっ。これが、本物のセックス！　な、なんて気持ちよさだ！）

これまでエロ漫画やアダルトビデオを見て、本番行為の快感は想像してきた。だが、フェラチオもそうだったが、現実のセックスは考えていた以上の心地よさをもたらしてくれる。この快楽を知ったら、孤独な指戯には戻れなくなってしまいそうだ。

「はあっ、あんっ、これっ、あんっ、すごっ！　んはっ、こんなっ……はっ、あんっ、んあっ……」

由紀は前屈みになっていた上体を起こし、声を殺しながら膝のクッションで腰を振り続けた。だが、我慢しきれないのか時折、大きめの声がこぼれ出てしまう。

そうして彼女が動くたび、練習着とブラジャーが落ちることなく、ふくらみが動きに合わせて揺れる。その様が、なんとも言えないエロティックさを醸し出している気がしてならない。

「んあっ、あんっ！　も、もうっ、声っ、ああっ、我慢できない！」

少しして、そう口走った由紀が上下動をやめると、身体を倒して裕児に抱きつくような体勢になった。

（うわっ。生オッパイが当たって……）

バストを押しつけられて、練習着やブラジャー越しに感じていたときより温かく、柔らかさと弾力を兼ね備えた生々しい感触が、裕児の首の近くに広がった。おかげで、またしても思考回路がフリーズを起こしてしまう。

加えて、明らかに先ほどまでより体温が上昇した彼女の身体から、牝の匂いが漂ってきた。その芳香で鼻腔をくすぐられると、自然に興奮が高まる。

「んあっ。裕児のオチ×ポ、また中でピクピクしてぇ。こんなに興奮してくれて、嬉しいわぁ。だけど、あたしもすごく興奮しちゃって、もう自分を抑えていられそうにないのぉ」

そう言うと、由紀は抱きついたまま腰の動きを再開した。

「んっ、あっ、あんっ、これっ、ふあっ、やっぱりっ、あんっ、すごっ、んんっ、いいのぉ！　んはっ、あっ、あんっ……！」

抽送を始めるなり、彼女の口から甘い声がこぼれだす。やはり、快感を抑えきれていないらしい。

すると、若妻がいきなり裕児の耳たぶを唇で挟んだ。

その突然の行動に驚いて顔を向けようとしたが、耳を咥えられてはそれも叶わない。

「んっ！　んむ、んむっ、ふむっ、んんっ……！」

由紀は耳たぶを甘嚙みしたまま、ピストン運動を続けた。

しかし、耳たぶを唇で挟んでいるおかげで、大声を出さずに済んでいる。これが、彼女の狙いだったらしい。

快感に溺れているように見えて、しっかり状況を考えて行動できるところは、さすがに経験者と言うべきだろうか？

（だけど、こっちは由紀さんの喘ぎ声が耳元で聞こえて……）

こうして、女性のくぐもった気持ちよさそうな声を間近で聞いていると、それだけでますます興奮が煽られてしまう。

それに加えて、耳たぶを甘噛みされるという初めての感覚が、快感にブーストをかけている。

「ああっ……由紀さんっ、僕またっ」

新たな射精感を堪えきれず、裕児はそう口走っていた。

先ほど射精したばかりなのに、我ながら驚く早さという気はしたが、初セックスでこのようなことをされていたら、おそらく誰だって耐えられまい。

「んんっ、いいわっ。あんっ、あたしもっ、んはっ、もうすぐだからっ、あんっ、一緒にぃ。ふあっ、裕児のザーメンっ、んあっ、中にっ、あんっ、ちょうだいっ！　あむっ、んっ、んっ……」

いったん口を離してそう訴えると、八歳上の若妻はまたすぐに耳たぶを甘噛みして声を殺した。

さらに、彼女の抽送が小刻みになる。それが、射精を求めるものなのは明らかだ。

（な、中って……）

いくら快楽に溺れていても、そのリスクには思いが及ぶ。

本来であれば、射精の直前に抜いて外に出したいところである。しかし、自分よりも背の大きな女性に押さえ込まれたような格好なので、こちらの意思でペニスを抜くのは難しい。

いや、力尽くでどかそうと思えばできるのかもしれないが、そうまでして中出しを拒むには、この気持ちよさは魅惑的すぎる。

そんな迷いを抱いているうちに、裕児は呆気なく限界に達してしまった。

「ううっ、出る！」

と呻くなり、八歳上の若妻の中に出来たての精を放つ。

「ああっ、中にぃ！　んんんんんんんんんんっ!!」

由紀が、くぐもった声をあげて身体を強張らせた。どうやら、彼女も子宮にスペルマを受けた瞬間、絶頂に達したらしい。

「はああ、出てるぅ。あたしの中、裕児のザーメンで満たされていくぅ。二度目なのに、すごくいっぱい出るの、感じるわぁ」

射精の最中に、身体を震わせた若妻が、そんなことを口にした。

もっとも、裕児のほうは初めてのセックスで中出ししている快感に酔いしれ、彼女の声など耳に入っていなかった。

（はあ〜。これが、本当のセックス、本当の射精なんだ……）

自分の手で、何度となく射精はしてきたし、先ほど口内射精も経験している。だが、女性の中で出すというのは、それらとはまた異なる達成感に思える。

たとえば、バレーボールの試合で弱小校相手にあげた勝利と、自分たちと同レベルかより強い学校に打ち勝った勝利では、満足感や喜びの大きさがまったく違った。それに近い感覚、と言えるだろうか？

朦朧（もうろう）としながらそんなことを考えていると、ようやくアクメが終わり、虚脱した若妻がグッタリと倒れ込んできた。

「んはあ……はぁ、はぁ、裕児、すごくよかったぁ。ふはあ、こんなに感じたの、あたしも初めてぇ」

こちらに体重を預けて、由紀がそんなことを口にする。

だが、裕児は何も言葉を返せず、ただただ彼女のぬくもりと胸の感触、そして初めての中出しセックスの余韻に浸り続けていた。

第二章　喘ぎ乱れる人妻従姉

1

裕児は、その日もデリバリーサービスの配達パートナーのアルバイトに励んでいた。小学生の頃からバレー部で鍛えていた裕児にとって、自転車で街中を走り回るのはお金を稼ぎつつ体力維持にも繋がって、まさに一石二鳥なのだ。

現在、大学が春休みということもあり、裕児は監督業のある火曜日と土曜日以外、可能な限りデリバリーの仕事に励んでいた。もちろん、実家暮らしなので本来はあくせく働かなくても生活はできる。だが、小遣いとお年玉では金額が足りないものを一日でも早く手に入れるためには、春休みの間に頑張ってお金を稼がなくてはならないのだ。

もっとも、今は自転車を漕いで懸命に働くことで頭を空っぽにしたい、という思いもあったのだが。

(あれから、もう八日。昨日も、由紀さんの態度はちっとも変わらなかったなぁ)

夕方になり、公園でペットボトルの水を飲みながら休憩していた裕児は、つい物思いに耽っていた。

先週の火曜日、半ば強引に裕児の童貞を奪った由紀だったが、その後の土曜日と昨日と、練習のときの態度に大きな変化は見られなかった。いや、むしろ最初の頃より少し素っ気なくなった、と感じるくらいである。

まるで、女子更衣室での出来事などなかったかのような彼女の態度に、裕児は自分が実は淫らな夢を見ていただけではないか、と戸惑ったほどである。もちろん、あれだけ生々しい体験が夢であるはずがないのだが。

ちなみに先週の火曜日、裕児はあのあと下半身をシャワーで洗って練習場に戻り、由紀はセックスの残滓を掃除して早退した。もともと、彼女は「体調不良」で練習を抜け出したので、早退しても不思議ではない。

また、裕児が戻るのが遅くなった理由も、「いったん医務室に行ったが、早退させることにした。そのとき、園部さんの着替えからタクシーに乗るまで念のため付き添っていた」と説明したところ、他のメンバーに怪しまれることはなかった。

おかげで、上手く乗り切れてよかったのだが、とにかく初セックスの相手がチームにいるのだ。これは、つい先日まで真性童貞だった青年の平常心を奪うのに、充分すぎることだと言える。

特に、練習着で躍動する由紀の姿を見ているだけで、女子更衣室での痴態とのギャップで心がざわつくのを抑えられなかった。

おかげで、土曜日も昨日の練習も、あまり集中して指導できたとは言い難い。

「はぁ。こんなことで、これからも『ほほえみ』の面倒を見ていられるのかな？」

と、ため息交じりに独りごちたとき、アプリに配達リクエストの通知が届いた。

これくらいの時間から二十時頃までは、夕飯のデリバリー注文が増える。この仕事をしている人間にとっては、ランチタイムに続いての稼ぎどきである。

アプリの表示を確認したところ、どうやら裕児がいる場所から程近いイタリアンレストランに注文が入ったらしい。

「注文したのは……『Y．SONOBE』？　まさか、由紀さん？　ははっ、いくらなんでもそりゃないだろう」

配達員が使う専用アプリでは、配達先の住所は日本語で表示されるが、氏名はローマ字表記である。今回の配達先が「Y．SONOBE」とはいえ、「園部由紀」とは限らない。

しかし、もしかしたら、という期待もついしてしまう。

「まぁ、あれこれ考えていても仕方がないや。せっかくリクエストが入ったんだし」

と割り切った裕児は、その配達を引き受けることにして、頃合いを見計らって店へと向かった。

この地域は、デリバリーサービスの業界最大手がまだ未参入で、裕児が登録しているデリバリー会社のほぼ独壇場である。とはいえ、利用している店舗やユーザー数が都会ほどは多くないため、次の依頼がすぐに入るとは限らない。したがって、配達を選(え)り好みしないのが、お金を多く稼ぐポイントである。

そうして、裕児は店で料理を受け取ると、届け先の住所を確認してから出発した。

しばらく走って到着したのは、五階建ての大きな高級マンションだった。前を通ったことはあるが、内廊下になっているそのマンションは、周囲の建物と比べても大きくて存在感がある。購入するのにいくらかかるか分からないが、サラリーマンでこんなところに住めるのは一流企業の高給取りくらいではないか、という気がする。

料理の注文は、ここの三階の一室からされたものだった。

裕児はマンション前に自転車を停めると、少し緊張しながらマンションのエントランスに入った。

エントランスの内側はオートロックの自動ドアになっており、住人以外は傍（かたわ）らにあるインターホンで訪問先の相手に連絡する必要がある。

そのため、裕児はインターホンパネルのテンキーで、部屋番号を押した。すると、パネルのスピーカーから、『はーい』と女性の声が聞こえてくる。

「あ、ご注文の商品の配達に来ました」

『ご苦労様。そのまま、部屋まで持ってきてちょうだい』

という返事と共に、エントランス内側の自動ドアが開く。

裕児はデリバリーのバッグを担いだままマンションの中に入り、エレベーターで三階に向かった。

「それにしても、今の声……もしかして、本当に？」

インターホンから聞こえてきた女性の声質や話し方などは、園部由紀に極めて似ていたと思う。もしも、本当に彼女だったら、いったいどんな顔をして会えばいいのだろうか？

そんなことを考えているうちに、エレベーターが止まってドアが開いた。

裕児は、ドキドキしながら内廊下を歩いて、指定された部屋の前に行った。そして、ドア横のチャイムのボタンを押す。

すると、返事ではなくドアが開いて、案の定と言うべきか由紀が顔を出した。

彼女はすっぴんで、おそらく室内着なのだろうが、地味なデザインの長袖のワンピース姿である。しかし、それでもだらしない感じがまったくしないのは、大学時代にファッションモデルをしていた、という経歴故だろうか？

モデル顔負けの容姿だと思っていたが、本当にやっていたという話を聞いたときは、驚くよりも納得してしまったものである。

「いらっしゃい、裕児。お料理の配達、お疲れ様」

と、八歳上の美人妻がにこやかに声をかけてくる。

「あっ……えっと、ご注文の商品をお届けに来ました」

予想していたことではあったが、実際に彼女の顔を見て硬直していた裕児は、慌てて背中のバッグを下ろして料理を出した。

「ありがとう。仕事に集中していたから、今日は晩ご飯を作る暇がないかと思って、お店に注文したのよ。だけど、アプリに裕児の名前と顔写真が出たときは、さすがにビックリしたわ」

料理を受け取った由紀が、そんなことを言って肩をすくめた。

客が注文に使うアプリには、配達員の現在位置に加えて、名前と顔写真が出るようになっている。したがって、彼女が配達しに来るのが誰かを事前に把握していたのは、まったく不思議なことではない。

ちなみに由紀は現在、装飾デザイナーの仕事をしており、主にデパートの店内やショーウインドー、それに展示会などの装飾を手がけているそうだ。若手建築家として注目されている夫ほどではないが、仕事が途切れず続いているらしいので、かなり有能なデザイナーであろうことは想像がつく。だからこそ、ここのような高級マンションに住めるのだろう。

また、今の言葉から察するに、彼女は自宅で仕事をしていたようである。

「えっと……そ、それじゃあ、配達完了ってことで」

裕児はアプリを操作し、バッグを担いですぐにきびすを返そうとした。しかし、そのとき。

「ちょっと待ってよ。せっかくこうやって会えたのに、そんなすぐに帰ろうとしなくてもいいんじゃないかしら？」

と言いながら、由紀が裕児の手を掴んだ。

「あ、あの……これから、稼ぎどきの時間なんです。それに、由紀さんも仕事があるんじゃないですか？」

「今日くらい、休んでもいいでしょう？　裕児がやっているような仕事は、自分の裁量でできるのがいいんじゃないの？」

「そりゃあ、そうなんですけど……」

「あたしの仕事も佳境に入っているけど、一分一秒が惜しいってほど切羽詰まっているわけじゃないし、休憩がてら、ねっ？」

初体験の相手からここまで言われると、さすがに強く拒むのは気が引けてくる。

それに、これ以上距離を取ろうとするのは、こちらが由紀とのセックスを後悔し、忘れたがっていると受け取られかねない。

そう考えた裕児は、「分かりました」と応じ、配達員の専用アプリをオフラインにした。

「それじゃあ、上がってちょうだい」

「えっと……お邪魔します」

由紀に促（うなが）され、裕児はバッグを床に置いて靴を脱ぎ、玄関を上がった。

しかし、そうして身体を起こした瞬間、八歳上の若妻が裕児を壁に押しつけた。

いわゆる、逆壁ドンの体勢になるなり、彼女の顔がみるみる近づいてくる。そして、その唇がこちらの唇に重なった。

自分より背が高い女性に不意を突かれたため、裕児は避けることもできずされるがままになってしまう。

「んっ。んんっ。んむ、んじゅる……」

由紀は声を漏らしながら、口内に舌を差し込んできた。そうして、彼女の舌が裕児の舌を絡め取る。

（また、ディープキス……）

こうして舌の接点からの性電気に加えて、女性の匂いが鼻腔から流れ込んできて、裕児の思考力はたちまち奪われてしまった。この心地よさに抗うことなど、童貞を喪失して一週間ほどのビギナーには不可能だと言っていい。

それから、ひとしきり舌を絡めると、八歳上の若妻が唇を離した。

「ぷはあっ。はあ、はぁ、裕児ぃ」

「ゆ、由紀さん？」

濡れた目で見つめられて、裕児はさすがに戸惑いの声をあげていた。

彼女がいきなりこのような行動に出てくる、というのは想定外で、思考がまったく追いつかない。

　すると、由紀が潤んだ瞳で言葉を続けた。

「実はね、あれからずっと、裕児のオチ×ポのことばっかり考えていたのよ。練習のときも、また体調不良のフリをして連れ出そうかとも思ったけど、さすがに同じ手を二度も使うと怪しまれると思って、なんとか我慢していたの。だけど、本当は裕児を見るだけで身体が疼（うず）いて仕方がなかったんだからぁ」

　どうやら、練習中の彼女の態度がやや素っ気なく思えたのは、自身の性欲を抑えるためだったらしい。

「それに、料理を配達する人が裕児だって分かってから、ムラムラする気持ちを抑えられなかったのよぉ。こんな偶然があるなんて、まるで神様があたしたちを引き合わせようとしたみたいでしょう？　それなのに、何もしないなんてあり得ないじゃない？」

　なるほど若妻の身なりが地味ながらも整っていたのは、裕児の来訪に備えていたからなのかもしれない。

「あ、あの、実は僕も……その、由紀さんと、またしたいって思っていたから……」

　女性にここまで言われると、さすがにこれ以上は自分の本心を誤魔化せず、裕児もそう口にしていた。

実際、あの初体験以降、自慰で発散するとき思い出すのは、目の前にいる女性の肉体のことばかりだった。

それまでは、アダルトビデオなどをオカズにしつつ、脳内でキャラクターを千羽耶に置き換えていたのだが、やはり生の肉体を知ってしまうと、その人間の印象が強く植えつけられてしまうらしい。

もちろん、由紀が人妻で、これが不倫になるのは気にしている。しかし、これほどの美女から求められて拒めるほど、裕児は冷めた性格ではなかった。

「だったら、合意ってことでいいわね？　ねぇ？　前回は、時間がなかったから全部あたしに任せてもらっちゃったけど、今回は裕児がしてくれるかしら？」

彼女が何を望んでいるのかは、裕児にもすぐに分かった。

確かに、すべて女性任せのままでは、いくら脱童貞を果たしたと言っても中途半端のそしりは免（まぬが）れられまい。

（こっちから愛撫したことはないから、あんまり自信はないけど……）

「大丈夫よ。あたしが、ちゃんとサポートしてあげるから」

不安が顔に出ていたのか、心を読んだように由紀が優しく言う。

彼女のサポートがあるのなら、まったく問題ないだろう。

「分かりました。じゃ、じゃあ、その、よろしくお願いします」

と、裕児が首を縦に振ると、由紀が少しかがんだ。そして、顔の高さをこちらより少し低い位置にする。

裕児は、大きな胸の高鳴りを覚えながら、初めて自分から彼女に顔を近づけ、その唇に自身の唇を重ねた。

2

夫婦の寝室に移動した裕児は、下着姿になってベッドに横たわる若妻の姿に、言葉もなく見とれていた。

「…………」

前回は練習中だったこともあって、地味なスポーツブラにスポーツショーツだったが、今は上下とも紫色の布地で紐部分が黒のレースの下着である。色やデザインが違うだけで、引き締まった肉体を持つ彼女の色気が、大幅に増しているように思える。

もちろん、見とれていた理由はそれだけではない。

まだキスしかしていないというのに、ショーツの中心にはうっすらとシミができていたのである。裕児が来ると分かってから欲情していた、と由紀は言っていたが、それが本当だったのは明らかだ。

「ほら、早くオッパイを見て、触ってぇ」

「あっ。えっと、はい」

由紀に甘い声で促されて、ようやく我に返った裕児は、慌てて返事をしてから彼女にまたがった。そして、胸の高鳴りを感じながらふくらみに手を伸ばし、そこを覆うブラジャーをたくし上げる。

すると、プルンと音を立てんばかりに、豊かな双丘がこぼれ出てきた。

仰向けになっているため、そこは女子更衣室で見たときよりもなだらかである。しかし、それでも充分な存在感があった。

(そういえば、前回はオッパイを手で触っていなかったっけ)

乳房の感触は、胸など身体のあちこちで感じている。だが、手ではまったく触れていなかった事実に、裕児は今さらのように気がついた。

初体験で思考が半ば停止していたことや、更衣室での行為で時間を気にしていたこともあるが、改めて思い出すとなんとも勿体なかった、という気がしてならない。

しかし今、手で触り損ねていたモノがまさに目の前にあるのだ。

「ゴクッ。そ、それじゃあ……」

裕児は生唾を呑み込むと、恐る恐るそのふくらみに手を這わせた。

それだけで、由紀が「あんっ」と甘い声を漏らす。

同時に、手の平いっぱいに弾力を保ちながらも柔らかな感触が広がる。

その手触りに、裕児は「うわぁ」と思わず感嘆の声をあげていた。

（これが、オッパイの手触り……）

既に知っている感触のはずだが、こうして実際に手で触れてみると、なんとも言えない感動が胸の奥から湧き上がってくる。

「そういえば、手でオッパイを触ったのは初めてよね？　ふふっ、好きにしていいのよ。あ、でも最初はあんまり強くしないでちょうだい。いきなり力任せに揉まれても、痛いだけで気持ちよくならないから」

そんな由紀の指示に、裕児は「は、はい」と応じて、緊張しながら指に力を少しだけ入れて揉みしだき始めた。

「んっ、あっ、もう少し強くても……あんっ、そうっ、んんっ、それくらい。んはっ、女性の様子を見ながら、あんっ、少しずつ力を強めて。んあっ、はんっ……」

と、八歳上の若妻が喘ぎながらアドバイスをくれる。

(最初は、これくらいで……由紀さん、まだ余裕がありそうだし、もう少し強くしても大丈夫かな？)

そう考えて、裕児は指の力を強めてみた。

すると、指がふくらみにいっそう深く沈み込み、乳房がグニャリと形を変える。

「んはっ！　ああっ、いいっ！　あたしはっ、あんっ、これくらいがっ、あんっ、好きなのぉ！　んはっ、はううっ……！」

たちまち、由紀がそんな悦びの声をあげだした。どうやら、判断は正しかったようである。

(それにしても……これが、オッパイの感触なのか。こうして揉んでみると、やっぱり身体に押しつけられたのとは違う感じがするな)

愛撫を続けながら、裕児はそんなことを思っていた。

乳房が身体に密着したときの感触は、全体が均一に広がる感じだった。しかし、こうして手で揉むと、指が沈んだ部分とそれ以外の部分の感触が異なって感じられる。しかも、力を抜いたときに押し返してくる弾力がはっきり指に伝わってくるのだ。それが、押しつけられたのとは違う心地よさを生みだしている気がしてならない。

「んあっ、ああっ、裕児ぃ！　あんっ、乳首っ、はうっ、勃ってきたからぁ、んはっ、今度はっ、あんっ、口でぇ、ふあっ、してちょうだぁい、はあんっ、あうっ……！」

バストの感触に夢中になっていた裕児は、由紀のその言葉でようやく我に返った。

「あっ……えっと、はい」

そう応じて改めて乳房を見ると、確かに頂点の突起がいつの間にか存在感を強調するかのように屹立している。

そのため、裕児は片手を離して、吸い寄せられるように乳首にしゃぶりついた。

「チュバ、チュバ……ンロ、ンロ……」

「はああっ！　それっ、んはっ、いいぃぃ！　あっ、はぁんっ……！」

こちらの愛撫に合わせて、八歳上の若妻が甲高い悦びの声をあげる。

(これ、なんだか赤ちゃんになったみたいで、ちょっと恥ずかしいな)

と思いつつも、奇妙な興奮が湧き上がってきて、裕児は片手でふくらみを揉みしだきつつ、さらに乳首への愛撫を続けた。

なんと言っても、夫婦の寝室で他人である自分が、人妻にこんなことをしているのだ。その罪悪感混じりの背徳感が、いっそうの昂りをもたらしてくれている気がする。

「はあっ、あんっ、そんなっ、んはっ、夢中になってぇ！　はうんっ、でもぉ、んああっ、そろそろっ、あふっ、下もっ、あんっ、弄ってぇ！」

喘ぎながら、由紀がそう求めてきた。

それを聞いて、裕児はようやく自分が上半身、と言うより胸への愛撫にすっかり気を取られていたことに気付いた。

「ぷはっ。あっ、その、すみません」

「謝らなくてもいいわよ。それより、オッパイを刺激しながら、オマ×コを弄ってちょうだぁい」

こちらの謝罪を受けて、若妻がそう新たな指示を出す。

「じゃ、じゃあ……あむっ」

と、裕児は再び乳首にしゃぶりついた。同時に、空いている手を彼女の下半身に伸ばし、ショーツの上から秘裂に触れてみる。

すると、割れ目のプックリした手触りと熱と共に、湿り気が指に伝わってきた。

(うわっ。さっきよりも濡れているな)

由紀のそこは、布地越しに触れただけでもはっきり分かるくらい、蜜を溢れさせていた。もっとも、これは裕児のテクニックではなく、彼女が最初から発情状態だったことが大きな原因なのだろうが。

そんなことを考えつつ、裕児は乳首ともう片方の胸への愛撫を再開させた。同時に、筋に沿って指を動かしだす。

「んあっ、あんっ、いいっ！　ふあっ、三点っ、ああっ、これぇ！　んはっ、好きなのぉ！　あふっ、きゃうんっ……！」

たちまち、八歳上の若妻が甲高い悦びの声をあげた。

「ぷはっ。あの、さすがに声が大きすぎじゃ？」

裕児はいったん愛撫を止め、不安を口にしていた。

この喘ぎ声を住人に聞かれたりしたら、ここに住んでいない自分はともかく、由紀が居づらくなるのではないだろうか？

「大丈夫よぉ。このマンションは防音がしっかりしていて、音や声が簡単には隣や上下階に響かないようになっているからぁ。ピアノとか弾いても、ちっとも聞こえないのよぉ」

「そうなんですか？　さすが、高級マンション」

こちらを見た由紀の言葉に、裕児は感嘆の声を漏らしていた。

もちろん、どんな防音でも音を百パーセント防げるものではないだろう。しかし、ピアノを弾けるレベルであれば、普通の喘ぎ声くらいは問題ないはずだ。

まだ一抹の不安は拭いきれなかったが、裕児は彼女の言葉を信じて愛撫を再開することにした。

「あむっ。レロ、レロ……」

「はあっ、あんっ、いいのぉ！　ああっ、人にされるのっ、あんっ、久しぶりぃ！　んはっ、ねぇ？　ああっ、じかにっ、んはっ、オマ×コっ、ああっ、触ってぇ！　指で、ふはっ、割れ目をっ、あんっ、かき回してぇ！」

と、八歳上の若妻が新たなリクエストを口にする。

裕児は、言われるままにショーツをかき分けて秘部に直接、人差し指を這わせた。

布越しに触っていたところだが、じかに触るとプックリとした割れ目や愛液の感触、そして熱などがダイレクトに伝わってくる。その生々しさが、牡の興奮を煽ってやまない。

（ゆ、指を沈み込ませて……）

彼女のリクエストを思い出して、裕児は胸への愛撫を続けたまま秘裂に人差し指を押し込んだ。

すると、由紀の「んあっ！」という嬉しそうな声と共に、指が第一関節までズブリと入っていく。

そうして、裕児はすぐに指をかき回すように動かし始めた。

「んっ。あっ、はううっ！　あんっ、いいっ！　ああっ、それぇ！　はうっ、とってもいいのぉ！　あんっ、はあっ、ひゃううっ……！」

たちまち、若妻が甲高い悦びの声をあげだした。

それに合わせ、奥から新たな蜜が溢れてきて、指にネットリと絡みついてくる。

(女の人のオマ×コって、こんなふうになるんだ……)

一物では感じていたことだが、指で弄ってみると新鮮な驚きを禁じ得ない。

「ああっ、もう我慢できない！　はうっ、裕児ぃ！　あんっ、オチ×ポッ、ああっ、早くちょうだぁい！」

さらに人差し指を動かしつつ、乳首への愛撫も続けていると、由紀が喘ぎながらそう求めてきた。

そこで裕児は、愛撫をやめて上体を起こした。

彼女の全身はほのかに紅潮し、愛撫を受けていた乳首もこれ以上ないほどの存在感を示している。そして、また秘部を隠したショーツの股間部分には、大きなシミができていた。これだけでも、今の言葉どおり挿入の準備が整っていることが、充分すぎるくらい伝わってくる。

しかし、裕児には大きな不安があった。

「あの……僕、このまま挿れたら、すぐに出ちゃいそうなんですけど？」

ズボンの奥では、既に一物が限界まで勃起し、ヒクついている自覚はあった。もしかしたら、カウパー氏腺液がにじみ出ているかもしれない。

こんな状態で挿入したら、とてもではないが我慢できる自信はない。

「それでも構わないからぁ。何回出してもいいから、早くオチ×ポちょうだぁい」

と、由紀が改めて訴える。

(ここまで言われたら、もうやるしかないな)

そう考えた裕児は、いったんベッドから降りると、ズボンとパンツを脱いで下半身を露出させた。

「ああ、やっぱりすごく立派なオチ×ポぉ」

そそり立ったモノを見つめた八歳上の若妻が、そんな言葉を漏らしてウットリした表情を浮かべる。

再びベッドに乗り、彼女の下半身を隠す布に手をかけると、由紀が自ら腰を浮かせてくれる。

そこで、裕児はショーツを脱がして秘裂を露わにした。

こちらが下着を傍らに置くと、若妻はすぐに脚をM字に広げた。それだけで、彼女が正常位での挿入を求めている、と伝わってくる。

裕児は脚の間に入ると、一物を割れ目にあてがった。

「ゴクッ。い、挿(い)れます」

生唾を呑み込み、緊張しながらそう声をかけて、腰に力を込める。

すると、ペニスの先端が秘裂にヌルリと入り込んだ。

「あぁーっ！　入ってきたぁ！」

挿入と同時に、由紀が歓喜の声をあげる。

(うわっ。オマ×コの中が、チ×ポに絡みついてきて……)

奥に進みながら、裕児はそんな感想を抱いていた。

既に、彼女主導で本番を経験しているのだが、自ら挿入するのはやはり違う感慨を覚えずにはいられない。

間もなく、腰が彼女の股間にぶつかり、これ以上は先に進めなくなった。結合部に目を向けてみると、二人の股間が一分(いちぶ)の隙もなくくっつき、恥毛同士が一つの茂みを作っているのが見える。

こうなると、由紀と一つになっていることを、しみじみと実感できる。

「はああ、全部入ったぁ。裕児のオチ×ポ、やっぱりすごい。正常位でも、子宮に届いているのが分かるわぁ」

八歳上の若妻が、そんなことを口にする。

一方の裕児は、その言葉など耳に入っておらず、ただただ感動に浸っていた。

(僕、自分から女性に挿れて……ああ、やっと本当の男になった気がする)

確かに、童貞は由紀の主導で既に捨てている。だが、前回は彼女に任せっぱなしで、自身では何もしていなかった。

しかし、今回は指導付きとはいえ、こちらが能動的に愛撫し、女性に自分の分身を挿入したのだ。そのため、これこそが真の童貞喪失だ、という気がして胸が熱くなるのを抑えきれない。

「裕児、動いてぇ。あっ、最初はあたしの腰を持ち上げて、奥を突くことだけを考えながら腰を動かすといいわよ。慣れる前に、腰を大きく動かそうって意識しすぎると、上手くできないから」

由紀のアドバイスを受け、裕児は言われたとおり彼女の腰を持ち上げた。そして、指示に従って突くことだけを考えながら、抽送を開始する。

「んあっ、あんっ、いいっ！　ふあっ、オチ×ポッ、はうっ、大きいからぁ！　あうっ、これだけでっ、んはっ、子宮に届くぅ！　ふあっ、あんっ……！」

たちまち、動きに合わせて若妻が悦びの声をあげだした。

（ううっ。オマ×コの中、すごく良くて……）

もたらされた心地よさに、裕児は腰を動かしながら心の中で呻いていた。

彼女の中は、既に一度味わっているのだが、こうして自分で動くと違うもののように感じられてならない。

とにかく、分身に絡みついてくる膣壁の感触が、小さなピストン運動でも最高の快感をもたらしてくれるのだ。

ただ、ほんの数日前まで童貞だったビギナーであることや、もともと射精寸前まで昂っていたこともあり、裕児にはこの心地よさをいなす術がなかった。そのため、たちまち腰にあった熱いものが、一気に一物の先端に向かいだすのを抑えられない。

「ああっ、中でヒクヒクぅ！　はあっ、来てぇ！　あんっ、このままっ、あんっ、また中にっ、ふあっ、ザーメンちょうだぁい！」

そう言って、元モデルの若妻が長い足を腰に絡みつけてくる。

（ま、また中出し？　さすがに、それは……）

と、躊躇しかけたものの、腰をガッチリとホールドされているため、すぐに抜くことはできない。しかも、こちらを押さえつけたからか膣肉の刺激が強まって、ペニスに甘美な性電気がもたらされる。

おかげで、たちまち限界を突破してしまい、裕児は「ううっ」と呻くなり彼女の子宮に大量のスペルマを注ぎ込んだ。

「はあぁぁん！　出てるぅ！　熱いの、あたしの中にいっぱぁぁい！」

脚を絡ませたまま、由紀が恍惚とした表情を浮かべながらそんなことを言う。

そうして、射精がようやく終わると、彼女が脚を外した。

そこで腰を引いて一物を抜くと、掻き出された白濁液がドロリとシーツにこぼれ落ちる。

「んああ……子宮、熱いザーメンで満たされてぇ……だけど、オチ×ポはまだ元気なままね？　あたしもまだイッてないし、もう一回くらい余裕でできるでしょう？」

そう言って、由紀が少し気怠そうに身体を起こし、ベッドから降りた。そして、ベッドに手をついてヒップを後ろに突き出す。

「あたし、バックからされるのも好きなのよ。ねえ、今度はこの格好でしてぇ」

と求められた裕児は、射精の余韻に浸ったまま、ほとんど何も考えずにベッドから降りた。

実際、一発出したとはいえ物足りなく思っていたところである。彼女の要求は、まさに渡りに船と言える。

裕児は、若妻の背後に回り込んだ。

この位置から見ると、白濁液が垂れ流しになっている割れ目が、なんとも淫靡に思えてならない。

「……あの、腰の高さが合わないんですけど？」

腰を摑んで、秘部に一物をあてがおうとした裕児は、困惑してそう訴えていた。

由紀は、十センチ身長が高いだけでなく、手足が人より長い八頭身体型である。そのため腰の位置が高く、百六十五センチで平均的な頭身の裕児では、少し背伸びをしないと秘部にペニスが届かないのだ。これでは、頑張って挿入してもすぐに抜けそうだし、抽送もままならない気がする。

「あっ、ゴメンね。それじゃあ……」

こちらの訴えを受けて、由紀が脚をより広げて腰の位置を低くした。

おかげでいい高さになったので、改めて腰を摑んでペニスをあてがう。

「じゃあ、挿れます」

と声をかけてから、裕児は白い液体が垂れている秘裂に分身を押し込んだ。

「ああーっ！　また入ってきたぁぁ！」

由紀が背を反らし、なんとも嬉しそうに一物を受け入れる。

(うわっ。中に精液が残っているから、なんだか挿入の感覚がさっきと違うぞ)

腰を進めながら、裕児はそんなことを考えていた。

スペルマが潤滑油になっていて、挿入自体はスムーズなのだが、ヌメリ具合が異なるため、別の女性器に挿入しているような違和感を覚えずにはいられない。

それでも、裕児が奥までインサートすると、ついに彼女のヒップが下腹部に当たって、これ以上は行けないところに到達した。

「んはあ……全部入ったの、はっきり分かるぅ。ザーメン出したばっかりなのに、まだすごく大きくて硬い……奥までしっかり届いて、本当にすごいわぁ」

ペニスを受け入れた若妻が、満足そうな声を漏らす。

ただ、そう言われても裕児はどう反応していいか分からず、「ど、どうも……」と応じるしかない。

「ふふっ、今のは独り言みたいなものよ。気にしないで、早く動いてぇ」

と、からかうように促されて、裕児は彼女の細いウエストを摑んだ。そして、すぐに抽送を開始する。

「んはっ、あんっ、あんっ、いいっ！　はっ、脚を広げてっ、ふあっ、こんなのっ、あんっ、初めてっ、あんっ、いいのっ、ふあっ、これぇ！　あんっ、あんっ……！」

ピストン運動に合わせて、由紀が悦びの声をあげる。

寝室で行為を始めるときに少し聞いたのだが、彼女が過去に交際した異性は夫を含めて、ほぼ年下だったらしい。やはり、この若妻は年下の男性が好みなようである。

ただ、交際相手はいずれも身長が百七十センチを超える者ばかりで、中には由紀より大きな人もいたそうだ。実際、今の夫も百七十八センチあるらしい。

それ故に、彼女はこうして脚を広げて腰の高さを合わせることなど、今までしたことがなかったのだろう。

その未体験の体勢が、八歳上の若妻にこれまで味わったことのない快感を与えているようだ。これは、裕児にとって怪我の功名と言えるかもしれない。

「ふあっ、あんっ、エッチな音っ、あんっ、すごいっ！　あんっ、オチ×ポッ、んあっ、すごいのぉ！　ああっ、はうっ、あんっ……！」

由紀が、喘ぎながらそんなことを口にする。

実際、精液が潤滑油になり、グチュグチュという音が外まで聞こえるのではないか、と心配になるくらい寝室に大きく響いていた。

ただ、どうやらその音自体が彼女の興奮を高めているらしい。

そんな姿に昂った裕児は、腰から手を離して乳房を鷲摑みにした。そして、ふくよかな胸を揉みしだきながら、本能のままに荒々しく腰を動かす。

「んはあっ、オッパイぃぃ！　あんっ、オマ×コッ、はうっ、両方っ、あんっ、よすぎっ……ひあっ、ああっ、大声っ、んあっ、出てぇ！　あむっ……んんっ、んぐうっ、んむむっ……！」

抽送に合わせて甲高い声をあげた若妻だったが、さすがにいくら防音に優れたマンションでもこれ以上のボリュームはまずいと思ったのか、ベッドに突っ伏してシーツを噛んで声を殺した。

しかし、そんな彼女の姿が牡の興奮をいちだんと煽り立てる。

裕児は夢中になって、手と分身から伝わってくる感触をひたすら味わい続けた。

「ふあっ、あんっ、もうっ、イクぅ！　裕児っ、はうっ、一緒っ、あんっ、一緒にっ、ああっ、イキましょう！」

シーツから口を離して、由紀がそう訴える。

事実、こちらも込み上げてきた二度目の射精感を抑えきれなくなっていた。

もはや、中出しのリスクなど気にすることもなく、裕児は若妻の言葉に誘われるように腰の動きを速めた。同時に、胸を揉む手にも力を込める。

「ああっ、あんっ、はあっ、イクッ！　あたしっ、イクぅ！　んんんんんんん!!」

と、絶頂に達する瞬間、由紀はシーツに顔を押しつけて全身を強張らせた。

そうして彼女の身体に力が入ると、膣肉が激しく収縮してペニスを妖しく刺激する。

そこで限界を迎えた裕児は、出来たてのスペルマを八歳上の若妻の子宮に再び注ぎ込んでいた。

3

火曜日の練習日、今日も裕児の指導のもと、「ほほえみ」のメンバーは各々の課題克服のため練習に励んでいた。

特に、アタッカー三名のスパイクの成功率を上げることはチームの勝利に絶対条件なため、彼女たちへの指導には自然と熱がこもる。

セッターの中原沙織(さおり)が、自分でボールを頭上に放り投げ、「はいっ」と声をかけてから、オーバーハンドでトスを上げる。

それに合わせて由紀がジャンプし、長い手を勢いよく振り下ろす。すると、絶妙なタイミングでミートされたボールが、反対コートに豪快な音を立てて突き刺さった。

今は相手がいないものの、いたとしてもあの角度と威力ならば、ママさんバレーのレベルで取るのは難しいだろう。

「監督ぅ？　今のスパイク、どうだったかしらぁ？」

コートから出た由紀が、駆け寄ってきて媚びるように聞く。

「えっと、すごく良かったですよ。今の感覚を忘れずに、連続してあんな感じのスパイクを打てるようになりましょう」

「ふふっ、分かったわぁ。でも、ちゃんとできるようになったら、やっぱりご褒美が欲しいわねぇ？」

戸惑いながらアドバイスを口にした裕児に対し、若妻が妖しい笑みを浮かべながら応じて、身体をスッと寄せてくる。

そのため、ふくらみがわずかに腕に触れ、さらに女性の汗の匂いが鼻腔をくすぐってきて、裕児の心臓が自然に大きく高鳴った。もちろん、彼女が求めている「ご褒美」が何を示しているのかなど、いちいち考えるまでもない。

「そ、そういうのは、気が早いと思いますよ」

そう口にしてから、裕児は小声で、

「由紀さん、ちょっとくっつきすぎですって。他の人に、怪しまれちゃいますよ？」

と、注意した。

「あら、残念。ふふっ。だけど、ムラムラしたら言ってちょうだいね。あたしは、いつでも大歓迎だから」

悪戯（いたずら）っぽい笑みを浮かべながらそう言って、由紀が練習に戻っていく。

先週の水曜日に二度目の関係を持ってからというもの、彼女の態度はそれまでと大きく変わった。

もともと、あの八歳上の若妻は明るく物怖じも人見知りもしない性格で、裕児に対する距離感も最初から近かったのは間違いない。

しかし、今もそうだが二度目のセックス以来、何かにつけて話しかけてきて、そのたびに身体を寄せてきたり手を握ってきたりと、やたらとスキンシップを取りたがるようになったのである。

もっとも、彼女に言わせると裕児のペニスは「今まで付き合ったどの男性のより大きくて気持ちよかった」らしい。そのため、二回関係を持ったことで自制する気がなくなってしまった、というのも分かる気はするのだが。

それに、正直こちらも人妻と関係を持つ罪悪感より、セックスの快感をまた味わいたい、という思いが上回ることがあるのだ。ただ、それでも本能のままに彼女を求められないのは、裕児の真面目な性格故と言えるだろう。

とにかく、あのように誘惑してくる由紀にすっかり翻弄（ほんろう）されてしまい、なかなか平常心を保てずにいるのである。

そんなことを考えながら、裕児が肩をすくめたとき、「きゃんっ」という素っ頓狂な声がした。

目を向けてみると、千羽耶がコートに尻餅をついていた。その向こう側をボールがコロコロと所在なさげに転がっているところを見ると、どうやら又従姉がスパイクを打とうとして空振りした上に、着地に失敗してしまったらしい。

「ちー姉ちゃん、大丈夫？」

「え、ええ。ちょっとタイミングが合わなくて、失敗しちゃった」

裕児が駆け寄って声をかけると、千羽耶はいささか恥ずかしそうに苦笑いを浮かべながら立ち上がった。

（うっ。最近、ちー姉ちゃんと近くで向き合う機会がなかったけど、改めて見ると立ったときオッパイが自然と目に入ってきて……）

分かっていたことだが、彼女のほうが十二センチも背が高いため、近くで向かい合うとふくらみが目に入りやすい。

もちろん、これまでもそれは感じていたことである。しかし、生の乳房の感触まで知った今は、どうしても以前よりも強く意識せずにはいられなかった。

そうして双丘を見ていると、「揉みしだいてみたい」という衝動が自然に沸いてきてしまう。

だが、裕児はその欲望をなんとか我慢して、視線を逸らした。

「まぁ、怪我とかしていないなら、よかったよ。気をつけてね」

平静を装いながらそう言って、又従姉から離れようとしたとき。

「あっ。ね、ねえ、裕児くん？」

と、千羽耶が遠慮がちに声をかけてきた。

立ち止まって振り向くと、彼女は何やら気まずそうな顔をしてこちらを見ている。

「ちー姉ちゃん、何？」

首を傾げてそう聞くと、

「あ、うん、えっと、裕児くんと……ううん、やっぱりいい。あのさ、わたしもレシーブの練習をしたほうがいいかな？」

と、又従姉は視線を泳がせ、奥歯に物が挟まったような態度で話題を逸らす。

「そうだね。試合じゃ、アタッカーだってレシーブしなきゃいけないんだし。じゃあ、由……園部さんと伊藤さんのスパイクを、反対コートで受けてもらえる？　僕、山口さんと井口さんの練習を見てから、こっちに戻ってくるよ」

「う、うん……分かったわ」

何か言いたげにしつつも、千羽耶がそう応じてきびすを返す。

（ちー姉ちゃん、いったいどうしたんだろう？）

そんな疑問を抱きながらも、裕児はビギナーの奈々子と寿子のほうへと向かった。

裕児の指導の甲斐もあり、二人のサーブとレシーブはかなり上達していた。無論、まだ実戦で活躍できるレベルではないが、純然たる初心者の寿子はともかく、中学時代の一年ほどでもバレーの経験がある奈々子は、もう少し鍛えればチームに不足しているブロッカーとして試合に使えそうではある。

（だけど、こっちはこっちでやっぱり目の毒かも……特に、山口さんのオッパイはかなりヤバイわ）

レシーブやブロックの練習をさせながら、裕児はついそんなことを思っていた。

何しろ、千羽耶はもちろん由紀も遥かに上回るたわわなふくらみが、動くたびにバインバインと派手に揺れるのだ。しかも、ブロックの練習でジャンプなどすると、当然の如くバストの動きもいちだんと大きくなる。

その光景を見ていると、爆乳の手触りへの好奇心と共に、あの胸を自分のモノにできた奈々子の夫への嫉妬の思いが込み上げてきてしまう。

（ああっ、駄目だ！　僕は監督兼コーチなんだ！　ちゃんと、みんなの練習の面倒を見なきゃ！）

裕児は、頭を振ってどうにか欲望を振り払い、彼女にアドバイスするため口を開こうとした。

ところがそのとき、スパイクを打つ音に続いて、ゴンッと何かが床にぶつかる音がした。続いて、「千羽耶!?」「神崎さん!?」という由紀たちの悲鳴のような声が聞こえてくる。

何事かと思って振り返ると、又従姉がコートの向こう側に仰向けになって倒れていた。さらに、彼女の元に由紀と明里と沙織が心配そうに駆け寄っていくのが見える。

「なっ!?　ちー姉ちゃん!?」

裕児は奈々子と寿子を放置して、慌てて千羽耶に向かって走りだした。

近づくと、彼女は気絶しているらしく、床に力なく伸びていた。その額には、ボールがぶつかったときにできる赤く丸い痕（あと）ができている。

「ちー姉ちゃん、しっかり！　大丈夫？」

「監督さん、後頭部をぶつけているから動かさないで！　もしも出血があったら、動かすとかえって危ないから！」

裕児が、焦って又従姉を抱き起こそうとしたとき、駆け寄ってきたブロッカーの堀江麻衣からそんな注意を受けた。

確かに、頭を強打したときは迂闊にゆさぶったりするのは逆効果だ、と裕児も聞いたことがある。

そうこうしているうちに、メンバー全員が周囲に集まってきた。

「えっと……あの、いったいなんでこんなことに？」

「それがね、千羽耶ったらあたしのスパイクをレシーブする練習を始めたのに、なんか気もそぞろって感じだったのよ。で、たった今、スパイクを受けたらボールがおでこにぶつかって……」

こちらの問いかけに、由紀が気まずそうに答える。

「スパイクが、直接顔に当たったわけじゃないんですか？」

「ええ。アンダーハンドで受けたボールが、V字に跳ねておでこに当たったのよ」

それを聞いて、裕児も少し落ち着きを取り戻した。

「だったら、威力が和(やわ)らいでいるかな？　じゃあ、誰か救急車を……」

そう指示を出そうとしたとき、千羽耶が「んあ……」と声を漏らしてうっすら目を開けた。

「……あれ？　裕児くん？　それに、みんなも……いったい、どうしたの？」

まだ意識が朦朧(もうろう)としているらしく、彼女が弱々しい声でそう聞いてくる。

ただ、裕児の名前をすんなり口にしたところから考えて、特に意識の混濁などはないようである。

「ちー姉ちゃん、大丈夫？　なんともない？　何があったか、覚えてる？」

「ん？　何が？　……わたし、レシーブの練習をしていて……レシーブしたボールが、顔に飛んできて……イタタ……頭をぶつけて、気絶しちゃったのね？」

後頭部を押さえて、千羽耶が質問に応じる。

今のやり取りから、どうやら記憶障害もなさそうである。

そのことで、裕児はひとまず胸を撫で下ろしていた。

「千羽耶、本当に大丈夫？　ゴメンね」

と、由紀がなんとも心配そうに謝罪する。

「いいえ、気にしないでください。集中していなかった、わたしが悪いんですから」

そう言って、千羽耶が身体を起こして立ち上がった。しかし、額にボールが当たり、後頭部を床にしたたかにぶつけたせいか、さすがに少しフラついている。

「神崎さん、元看護師としてアドバイスしておくけど、念のためすぐに脳神経外科を受診したほうがいいわ。脳は油断すると、取り返しがつかなくなることもあるから」

麻衣が、真剣な表情で言った。

なるほど、彼女が慌てて千羽耶を抱き起こそうとした裕児を止めたのも、看護師の経験があったからのようである。

「えっと、救急車は……？」

「意識があるなら、タクシーを呼んで病院に連れて行ってもらえば充分よ。付き添いはいたほうがいいと思うけど」

裕児の質問に、麻衣がそう応じる。

「じゃあ、僕がちー姉ちゃんを病院に連れて行くので、皆さんは今日の残り時間、それぞれで練習を続けてください」

と指示を出すと、裕児は事務室でタクシーを呼んでもらうため、急いでアリーナを飛び出すのだった。

4

十八時過ぎ、裕児は私服に着替えた千羽耶と共に、病院からタクシーに乗って彼女の自宅マンションへと向かっていた。

「ちー姉ちゃん、直撃じゃなくて、とりあえず脳に異常がないみたいでよかったよ」

「うん、レシーブに失敗したボールが当たったことと、腰を低くした体勢だったおかげで、床にあんまり強く頭をぶつけなかったのがよかったみたい。心配かけてゴメンね」

裕児の言葉に、又従姉がなんとも申し訳なさそうに応じる。

千羽耶は、病院でCT検査などを受けて、脳のどこにも異常がないことを確認した。そのあと、医者から「数日くらい様子を見て、少しでも調子が悪くなったらすぐ来るように」と言われたものの、入院することもなく帰宅できることになったのである。

もっとも、検査の順番が回ってくるまでに時間がかかったため、診察が終わって病院を出たときには、外はすっかり暗くなっていたのだが。

（それにしても、ちー姉ちゃんと二人でタクシーに……）

行きは、心配であれこれ考える余裕などなかったが、安心すると今さらのようにそのことを意識せずにはいられなかった。

また、練習の途中でシャワーを浴びずに病院へ行ったせいか、彼女の身体からは女性の匂いがやや強めに漂ってくる気がする。

それだけで、裕児の胸は大きく高鳴り、欲望が込み上げてくるのを抑えるのに必死にならざるを得なかった。

「あっ。もうすぐマンションに着くけど、裕児くん、ウチでご飯を食べていってちょうだい」

少しして、千羽耶がそんなことを口にした。

「えっ？　でも、悪いよ。それに、今日くらいは安静にしていたほうがいいんじゃない？」

「大丈夫よ。病院に付き添ってくれたお礼に、お夕飯をご馳走してあげる。まぁ、今からじゃ大したものはできないけど。でも、裕児くんって、ご飯をお弁当とかで済ませているんでしょう？　それよりは、マシなものを作ってあげられるわよ」

「それは、そうだけど……」

と、裕児は視線を逸らしながら躊躇していた。

実際、今は両親が不在なので、実家にいながら一人暮らしをしているような状態である。加えて二十時頃までデリバリーの仕事をしていると、帰宅してから夕飯を作る気にはならず、コンビニ弁当などに頼り切っていた。

その意味で、女性の、いわんや又従姉の手料理というのは魅力的な話ではある。

だが、それでも裕児が訪問をためらうのには大きな理由があった。

千羽耶の夫の神崎士郎がいるのなら、彼の帰りが多少遅かろうと、又従姉の誘いに応じていたかもしれない。しかし、士郎は昨年九月から九州に単身赴任しているのである。妻をこちらに残したのは、一年以内に戻ってくると分かっているからだそうだ。

とにかく、顔も知らない由紀の夫のような人間でも気になるのだから、たとえ不在であっても顔見知りの相手のことは強く意識せずにはいられない。

何より、彼女とマンションの部屋で二人きりになることに、不安を感じずにはいられなかった。何しろ、こうしてタクシーで肩を並べて座っていても、由紀との経験が脳裏に甦って興奮が込み上げてくるのである。とてもではないが、自分を抑える自信はない。

「もう。そりゃあ、裕児くんがウチに来たことはないし、今までは往来を少し遠慮していたけど、わたしたちの仲なんだから別に気にしなくていいのよ？」

裕児が躊躇している理由を勘違いしたらしく、千羽耶がそんなことを言う。

確かに、裕児の家と千羽耶のマンションは徒歩十五分ほどの距離なので、本来ならもっと頻繁な往来ができただろう。しかし、実際はこの三年で数えるほどしか会っていない。

千羽耶は「裕児くんの大学受験の邪魔になったら申し訳ないから」と交流を控えていたらしいが、大学合格後も必要最低限しか来なかったのだから、何か別の理由があったのは間違いあるまい。

もっとも、こちらも憧れの又従姉が他の男のモノになってしまった現実に打ちのめされ、会うのを可能な限り避けていたのだ。人のことを、とやかく言える筋合いではない。

結局、裕児は断る理由を思いつかず、千羽耶の誘いに首を縦に振っていた。

そして、二人でタクシーを降りてマンションに入る。

彼女の住まいは、由紀の住居と違ってごく普通の外廊下の五階建てのマンションである。築年数は二十年くらいで、以前「中古だから割安で購入できた」と話しているのを聞いたことがあった。

「そうそう。この部屋が、奈々子ちゃんのお部屋なのよ」

エレベーターを降り、自室に向かう外廊下を歩きながら、ある一室の前で彼女がそう教えてくれた。

「奈々子ちゃんって……ああ、山口さん。へぇ、ちー姉ちゃんと同じマンションの同じ階に住んでいたんだね？」

「ええ。奈々子ちゃん、結婚してまだ半年なのに、三ヶ月前に旦那さんが長期出張に行っちゃって。それで、病みそうなくらい落ち込んでいて見かねたから、わたしが『ほほえみ』に誘ったのよ」

目を丸くした裕児に対し、又従姉が言葉を続ける。

なるほど、新婚早々に夫が長期出張というのは、確かに新妻としては辛いはずだ。

ただ、普段バレーボールに打ち込んでいる奈々子からは、そういった暗い様子は感じられなかった。おそらく、千羽耶たちと楽しく過ごす中で、かなり気が紛れるようになったのだろう。

「そういえば、同じポジションの由紀さんはともかく、ちー姉ちゃんと山口さんって随分と仲良さそうだったっけ。そうか、そんな繋がりがあったんだ？」

「そうなのよ。わたしも、士郎さんが不在で寂しい思いをしていたし、奈々子ちゃんは年下だから面倒を見てあげなきゃ、と思ったの」

と、千羽耶が歩きながら言う。

子供の頃から、彼女はとても世話好きだった。特に、年下に対して世話を焼くことが、まるで趣味のようになっていた面がある。そういう性格であればこそ、ご近所さんの新妻の様子を見かねた、というのは実に納得がいく話だ。

（ホント、ちー姉ちゃんは昔から、こういうところは変わらないよなぁ）

そんなことを思っているうちに、とうとう千羽耶と士郎が暮らす部屋に到着した。

「裕児くん、遠慮なく上がって」

「お、お邪魔します……」

先にドアを開けて中に入った又従姉に招かれて、裕児は胸の高鳴りを感じながら玄関をくぐった。

士郎が不在と分かっていても、いやだからこそ余計に緊張を覚えずにはいられない。

マンションの部屋は2ＬＤＫで、リビングルームはそれなりに広い。また、裕児が来ることなど想定していなかったはずだが、五人が座れるＬ字コーナーソファの前のテーブルに読みかけの雑誌が広がっていたりする以外は、非常に整理整頓が行き届いていた。これだけでも、彼女のこまめで几帳面（きちょうめん）な性格が見て取れる。

海外に行っている両親が一時帰国したら、目を剝きそうな状態になっている裕児の家のリビングとは、雲泥の差と言えるだろう。

千羽耶は、裕児をソファに座らせると、キッチンの冷蔵庫から小さなパック入りのジュースを持ってきた。

「こんなものしかないけど、飲みながらちょっと待っていて。わたし、軽くシャワーを浴びて着替えちゃうわ。それから、晩ご飯の用意をするね」

そう言って、彼女はそそくさと立ち去った。

何しろ、千羽耶は更衣室の荷物を麻衣に持ってきてもらい、体育館からユニフォームのまま病院へ行ったのである。外来棟には、検査などで使う更衣室はあったものの、さすがにシャワー室はない。時間が経ってすっかり乾いているとはいえ、汗を洗い流さずに何時間も過ごすのが女性にとって苦痛だったであろうことは、裕児にも容易に想像がついた。

(ちー姉ちゃんのシャワー……)

小さい頃、亡き祖父の家に集まったときに、千羽耶と何度か一緒に入浴した記憶がある。もちろん、当時は彼女も小学生で身長もバストもまだ成長していなかったし、こちらも幼稚園くらいだったので、記憶はうっすらとしか残っていないのだが。

ただ、現在は由紀の肉体を知ったおかげで、練習着を通して見た又従姉の身体を想像できてしまう。

普段、自宅にいるときはあまり考えないようにしているが、今は同じ部屋の少し離れたところで憧れの女性が服を脱ぎ、シャワーを浴びているのだ。この状況下で、浴室のシーンを思い浮かべない男など、おそらく存在しないのではないだろうか？

自分より十二センチ高い長身美女が、立ったまま気持ちよさそうに胸にシャワーを当てる。すると、お湯が意外にふくよかなバスト、くびれたウエスト、丸みを帯びたヒップに沿って流れていく。

そんな光景が、否応なく脳裏に浮かんできた。

（ああっ、イカン！　本気でムラムラしてきちゃったよ！）

股間に血液が集まってくるのを感じて、裕児は慌てて頭を振り、脳内に浮かんできた妄想を振り払おうとした。

しかし、いったん湧き上がったものを、そう簡単に消し去ることなどできはしない。ましてや、この頭に浮かんだ光景が、少し歩けば行ける浴室で実際に繰り広げられているのだ。気にしないようにと思うほど、かえって見に行きたい衝動が湧いてくる。

（駄目だぁ！　落ち着け、僕！）

裕児は、ひとまずパックにストローを刺してジュースを飲む、という行為で気を紛らわそうとした。が、千羽耶と一つ屋根の下という今の状況では、この程度で昂りを抑えるのは難しい。

このままでは、早急に一発抜かないと勃起が収まらなくなりそうだ。

(いっそ、さっさと帰っちゃおうかな？　いや、でもそうすると今後、ちー姉ちゃんと顔を合わせにくくなるし……)

欲望を抑えつつ、そんなことを考えて思い悩んでいると、

「裕児くん、お待たせ」

と、千羽耶がリビングに戻ってきた。

彼女は、上がグレーの薄手のセーター、下が足首まで隠れる紺色のロングスカートという格好をしている。どうやら、これが部屋着らしい。

予想よりも早かったのは、おそらく裕児を待たせているのを気にして、本当に汗を洗い流す程度にとどめたからだろう。実際、髪も一応は洗ったようだが、ドライヤーで乾かしきる前に出てきたらしく、明らかにまだ生乾きだ。

とにかく、服装的には地味なのだが、スタイルのいい長身美女ということもあって、この格好でも充分に魅力的に思えてならない。

「ん？　どうしたの、裕児くん？」

こちらが呆然と見ていることに気付いたらしく、又従姉が怪訝そうに言って首を傾げた。

「あっ、いや、その……そういう格好のちー姉ちゃんを見たのって、初めてかもって思って……」

我に返った裕児は、慌ててそう言い繕っていた。

実際、普段は外出着やバレーボールの練習着ばかり見ているため、ここまでラフな格好を目にした記憶はない。

「そうかしら？　伯祖父さんの家に泊まったとき、何度も見ているでしょう？」

「何年前の話さ？　さすがに、ほとんど覚えてないって」

裕児の亡き祖父と千羽耶の実の祖父は兄弟で仲がよく、お盆や正月に名主の子孫だった祖父の家に、両方の一族がよく集まっていた。裕児と千羽耶はそのときに出会い、集まった面子の中で最も年齢が近い子供同士ということもあって、姉弟のように仲良くなったのである。

とはいえ、二人が揃ってお泊まりしていたのは、裕児が小学校に上がる頃までの話だ。その頃の記憶など、さすがにかなり曖昧になっている。

ただ、子供同士の仲に釣られて親も仲良くなり、今でも最低一年に一度は顔を合わせて、食事と歓談を楽しんでいる。裕児が、中学時代の千羽耶の引退試合を見に行ったのも、そういう親同士の交流があったからこそだった。

「ねえ、裕児くん？　今さらだけど……わたしが『ほほえみ』の監督兼コーチに誘ったこと、迷惑じゃなかった？」

不意に、又従姉がそう切り出した。

「えっ？　あ、いや、別に迷惑なんてことは……突然だったからビックリはしたし、バレーから離れていたから戸惑ったけど」

予想外の問いかけに、裕児は困惑しながら応じた。

「そう？　正直、他にアテがなくてこっちも追い詰められていたんだけど、実はあのとき、裕児くんに断られたり、途中で辞められちゃうことも覚悟していたのよ」

「えっ？　なんで？」

「だって……ウチのチーム、みんな裕児くんより背が高いし……裕児くんがバレーをやめたのって、膝のこともあるけど、一番大きいのは身長のせいでしょう？　だから、なんだかわたしも顔を合わせにくくて、近くに住んでいたのにあんまり会わないようにしていたの」

申し訳なさそうに、千羽耶が言葉を続ける。

（ああ、なるほど。ちー姉ちゃん、僕の背が百六十五センチで止まったのを、気にしてくれていたのか）

高校時代の三年間、裕児は膝の故障でドクターストップがかかっていた時期を除いて、この身長でもリベロとしてベンチ入りし続けた。しかし、県内上位常連の強豪校だったとはいえ、そこのベンチを守るのが精一杯では、より高さやパワーが増す大学やVリーグでの活躍など夢物語である。

つまり、才能はあったものの、身長という努力ではどうしようもない部分で恵まれなかったのだ。もしも、自分にせめて又従姉くらいの背丈があれば、と思ったことは一度や二度ではない。

どうやら、千羽耶もそんなこちらのコンプレックスを察して、気を使ってあまり会わないようにしていたようである。

もっとも、裕児がバレーボールを綺麗さっぱりやめた最大の要因を又従姉が勘違いしていることも、これで明白になったのだが。

そう悟ると、先ほどからの昂りに加えて、怒りに似た気持ちが心の奥底から湧きあがってくる。

（ちー姉ちゃん、僕の気持ちも知らないで！）

という激情に駆られた裕児は、半ば本能的に立ち上がると彼女の腕を摑んだ。

突然の又従弟の行動に、千羽耶のほうは「えっ？」と目を丸くする。しかし、不意を突かれたせいか抵抗する素振りはない。

裕児は、体を入れ替えるようにして彼女をソファに横倒しに押し倒した。

「ちょっ……裕児くん、駄目よ。冗談になってないわ。離して」

こちらが顔を近づけると、さすがに千羽耶も困惑の表情を浮かべて抵抗を試みる。

だが、彼女が十二センチ大きいと言っても、そこは男女の筋力差がある。ましてや、裕児は引退して三年ほど経つとはいえ、高校時代にハードなトレーニングをこなしてきた元バレー選手なのだ。昔取った杵柄と言うべきか、本気を出せば自分よりも大きな女性を押さえ込むくらいは、まだ余裕でできる。

「ちー姉ちゃん、僕は本気だよ！ ずっと前から好きだったんだ！ 僕、ちー姉ちゃんとエッチしたい！」

「えっ？ えっ？ 裕児くん？」

戸惑いの声をあげ、千羽耶が目を丸くした。

又従弟からこのように告白され、さらにセックスまで求められるとは、まったく想像もしていなかったらしい。

もちろん、由紀との経験がなければ、こんなことはできなかったし、口にするのも無理だったに違いない。しかし、生の女体を知った牡の本能の求めは、もはや理性で抑えきれるものではなかった。

「……裕児くん？　由紀さんと、その、エッチしたんでしょう？」

やや間を置いての彼女の指摘に、今度は裕児が驚く番だった。

「えっ？　き、気付いていたの？」

「うん。二人の様子を見ていたら、すぐに分かったわ。由紀さんはともかく、裕児くんのことは赤ちゃんから知っているんだし」

だったら、こちらの気持ちにも気付いて欲しかった、という思いも湧いてくる。だが、他人同士のことには聡いのに自分が絡むことになると鈍感というのは、ままあることだろう。

裕児がそんなことを思っていると、又従姉がさらに言葉を続けた。

「それでね、不倫を注意しようかと思ったけど、わたしが口を挟むことでもないから……ボールを顔にぶつけたとき、そんなことをずっと考えていたせいで、集中できていなかったの」

なるほど、思い返すとあの前から彼女の態度は、いささかよそよそしく挙動不審になっていた。どうやら、由紀とのことを問いただすべきか否か、延々と迷っていたらしい。結果、レシーブをし損ねて床に頭をぶつける、という失態を演じたようだ。

「ねえ？　裕児くんが好きなのは、由紀さんなんじゃないの？」

「ち、違うよ。由紀さんには、その、色々と手ほどきはしてもらったから、感謝はしているし、『好きか嫌いか？』って聞かれたら『好き』って答えるけど、それは恋愛的な意味じゃなくて……僕が好きなのは、昔も今もちー姉ちゃんなんだ！」

確かに、八歳年上の若妻は魅力的で素晴らしい女性だとは思う。彼女に童貞を卒業させてもらったことは、この上なく幸運なことだった、と胸を張って言える。

しかし、それと恋愛的な意味で好意を抱くか、というのは別問題だ。

ましてや、裕児はこれまでずっと千羽耶のことを思い、他の女性との交際どころか、風俗に行ったこともなかったほど純情なのである。肉体関係を持ったからと言って、あっさり心変わりしたりはしない。

それに、由紀にしても「裕児のペニスを気に入った」と言っていたが、では夫と離婚するほど本気になったか、と問われれば答えは「否」だろう。感覚としては、セックスフレンドに近いのではないか？

「裕児くん……そ、そんなにわたしのことを？　わたしには、士郎さんが……」

　こちらの告白に、千羽耶が困り果てたという様子で視線を逸らす。

「うん。もちろん、ちー姉ちゃんが士郎さんを好きなのも分かっている。だけど、僕はもう自分の気持ちを我慢できない！　一度だけでいいから、ちー姉ちゃんとエッチしたいんだ！」

　裕児がそう訴えると、又従姉がやや考え込んでから、

「……はぁ。まったく、仕方のない子ねぇ。昔から、甘えん坊なんだから。そんなふうに言われたら、断るに断れないじゃないの」

　と、彼女はまるで子供のワガママに根負けした母親のような、半ば諦めたような表情を浮かべて言った。

「ほ、本当にいいの？」

　自分から求めたことだが、又従姉が思いの外あっさり首を縦に振ってくれたのがいささか信じられず、裕児はそう問いかけていた。

「その、今回だけ。一度だけよ。これっきりだからね」

　さすがに気まずいのか、千羽耶が目を逸らしたまま早口で応じる。

（ちー姉ちゃんって世話好きだから、僕の頼みは断りづらかったのかな？）

　おそらく、その予想は間違っていまい。

彼女は、六歳下で自分より背も低い裕児に対して、子供の頃から保護欲を刺激されていたのだろう。その感覚は、自身より七歳上で百八十センチある士郎が相手では絶対に抱きようがないものだと言える。

とにもかくにも、一度だけという条件付きでも又従姉が了承してくれたことに、裕児の中には悦びが込み上げてきていた。

そして、ドキドキしながら顔を近づけると、彼女が少しためらいがちに目を閉じる。

裕児はさらに顔を接近させて、可憐な唇に自分の唇をそっと重ねた。

途端に、千羽耶の口から「んっ」と小さな声がこぼれ出る。

（これが、ちー姉ちゃんの唇……）

憧れの女性と唇を合わせた感触に、裕児は胸が熱くなるのを禁じ得ずにいた。

キス自体は由紀ともしているものの、又従姉の唇は八歳上の若妻とはまた違った感じに思えてならない。もちろん、気のせいかもしれないが。

そんなことを思いながら、裕児は初めての千羽耶との口づけに酔いしれていた。

5

唇を離した裕児は、又従姉をソファに寝かせたままトレーナーをたくし上げ、白いレースのブラジャーを露わにした。

どうやら、シャワーを浴びたときに下着も替えていたらしい。

当然、こんなことになると思って替えたわけではない、とは分かっている。しかし、こうして少し凝ったデザインのブラジャーを見ると、まるで彼女が自分に見せるためにわざわざ着替えてくれたような気がして、悦びが込み上げてくる。

裕児は緊張しつつも、横から胸に手を伸ばした。そして、まずは下着の上から双丘に手を這わせる。

それだけで、千羽耶が「あんっ」と声を漏らして身体を強張らせた。

裕児は構わず、カップ越しにふくらみを軽く撫で回した。そうして、下着越しの感触をひとしきり楽しむと、背中に手を入れて後ろのホックを外し、ブラジャーをたくし上げてバストを露わにする。

「うわあ、ちー姉ちゃんのオッパイ……」

二つの生乳房を目の当たりにして、裕児は思わず感嘆の声をあげていた。

仰向けになっているため正確ではないが、服の上から想像した限り大きさは由紀よりもやや控えめだろう。しかし、それでも綺麗なお椀型をしており、思っていた以上に整った形だと分かる。それに、肉体も程よく引き締まっていて、とても魅力的だ。

「も、もう。あんまりジロジロ見ないで。恥ずかしい」

顔を背けながら、千羽耶が文句を言う。

「ゴメン。じゃあ、揉むよ？」

と呟き、裕児は彼女の両乳房を鷲掴みにした。

「んはあっ！　ゆ、裕児くんの手が、わたしのオッパイにぃ」

そう声を漏らして、又従姉が身体をやや強張らせる。

（こ、これがちー姉ちゃんのオッパイの手触り……由紀さんより一回り小さくて、ちょっと弾力が強い感じかな？　だけど、すごくいい触り心地だ）

バストの感触に感動を覚えつつ、裕児は力を入れすぎないように気をつけながら指を動かし始めた。

「んっ……んあっ、んっ……あんっ、あの裕児くんにっ、んあっ、オッパイッ、あんっ、揉まれてぇ！　んはっ、はううっ、不思議なっ、ああっ、感じぃ！」

手の動きに合わせて、千羽耶がそんなことを口にする。

もっとも、それはこちらも同じ気持ちだった。

性に目覚めてから、こうすることをずっと夢見てきたものの、まさか彼女が結婚したあとに実現できるとは、ついさっきまで予想だにしていなかったことだ。

ただ、童貞の頃であれば、おそらくここを訪れても自分の思いを打ち明けられないままだっただろう。そして、悶々としながら夕食をご馳走になって、何もせずに帰宅していたはずだ。

そう考えると、八歳上の若妻との経験のおかげで開き直れた、と言える。

(それに、由紀さんに教わっていなかったら、オッパイをいきなり強く揉んでいただろうし)

彼女のレッスンを受けていたため、こうして千羽耶の反応に気を使いながら愛撫をできているのだ。まったく、由紀には今さらながら感謝するしかない。

そんなことを思いながら、裕児は指の力をやや強めた。

「んはあっ。はあっ、あんっ、それぇ！　ああっ、あんっ……！」

少し強めの愛撫に対して、又従姉の喘ぎ声にいっそうの艶(つや)が出てくる。どうやら、これでも充分に感じているらしい。

さらに、ふくらみの頂点にあるピンク色の突起が、存在感を増してきた。

それを見て、裕児は片手を乳房から離すと、乳首に口を近づけた。

「えっ？　あっ、ちょっと、裕児くん？　そこは……ひゃうんっ！」

こちらの意図に気付いた千羽耶が何か言おうとしたが、それよりも早く突起を口に含む。途端に、彼女の口から甲高い声がこぼれ出た。

裕児は乳首を咥えると、乳頭を舌で弄びだした。同時に、もう片方の乳頭も指で摘まんでクリクリと弄り回す。

「ひゃうっ、こっ、声が！　んあっ、そこぉ！　あんっ、わたしっ、んはっ、乳首っ、ひゃうっ、弱いっ、んんんっ！　んむっ、んんんっ……！」

大声でそう訴えた又従姉が、慌てた様子で手の甲を口に当てて声を殺す。

このマンションは、由紀が住んでいるところほど高級ではない。当然、防音もほどほどだろうから、あまり大きな声を出すと、隣や上階、もしかしたら下の階まで響いてしまうかもしれない。

千羽耶が、それを気にしているのであろうことは、容易に想像がつく。

ただ、自分の弱点を口にしたのは、いささか迂闊と言うしかあるまい。

（ちー姉ちゃん、乳首が弱いのか。それなら……）

と、裕児は舌と指による二つの突起への愛撫を、いっそう強めた。

「レロ、レロ……ンロロ……」

「んんっ！　んあっ、そこっ、はううっ、そんなにっ、んくうっ、されたらぁ……んんっ、お願いっ、んむっ、変にっ、あんっ、なっちゃう……んっ、んむうっ……！」

大声を出さないようにしつつ、しばしば手の甲から口を離しながら又従姉が懇願するように言う。

しかし、六歳年上で自分より高身長の美女のそんな態度は、かえって裕児の興奮を煽る結果にしかならなかった。

なんと言っても、こうしているとシャワーを浴びて間もない身体から、石鹸の香りと牝の匂いが漂ってくるのである。できることなら、この幸せな時間をいつまでも味わっていたい。

裕児がそんなことを思いながら二点への愛撫を続けていると、間もなく千羽耶が脚をもどかしそうに動かし始めた。

そこで、愛撫をしながら空いている手を下半身に這わせ、スカートをたくし上げてショーツ越しに股間に触れてみる。

その瞬間、彼女が「んんっ！」とおとがいを反らして、身体を強張らせた。

（うわっ。すごく濡れている！）

予想以上の湿り気に、裕児は内心で驚きの声をあげて、思わず愛撫をやめていた。

弱点を刺激していたからだろうか、又従姉の秘部からはショーツで防ぎきれないほどの蜜が溢れ出しているのが、指の感触だけではっきりと分かる。これだけ濡れていたら、すぐに挿入しても大丈夫なのではないだろうか？

（とはいえ、こっちも爆発寸前って感じなんだけど）

分身はズボンの奥で、今にも射精しそうなくらいいきり立っていた。おそらく、ほんの少しの刺激でも先走り汁が溢れてくるだろう。

このまま挿入したら、もしかすると奥へ到達するより前に、あっさり暴発してしまうかもしれない。さすがに、それはあまりにも情けない気がした。

何よりも、せっかく憧れの相手とできるのだから、行為の一つ一つをしっかり堪能したい。

そう考えた裕児は、口と手を胸から離して身体を起こした。

すると、千羽耶が「んはあ……」と安堵とも無念さともつかない声をこぼす。

「ちー姉ちゃん？　その、フェラをしてもらえるかな？」

「えっ？　う、うん、いいけど……あのね、わたし、あんまりしたことがないから下手くそよ？」

裕児のリクエストに対し、彼女が申し訳なさそうに言う。

どうやら、又従姉はフェラチオの経験が多くないらしい。おそらく、士郎がその行為を滅多に求めなかったのだろう。

「それでもいいよ。僕、もうヤバイから先に一回、出しておきたいんだ」

そう応じて、裕児は立ち上がった。そして、ズボンとパンツを脱いで下半身を露わにすると、肉茎が勢いよく天を向いてそそり立つ。

「えっ？　そんなに大きく……士郎さんのより、ずっと太くて長い……」

ペニスを見た千羽耶が、目を丸くしながら独りごちるように言った。

由紀に褒められていたので、もしかしたらと思っていたのだが、やはり裕児の一物は、自分より身長が十五センチも高い彼女の夫のモノよりも逞しかったようである。

又従姉の言葉で、その予想が正しかったと分かると、身長差のコンプレックスが少しだけ和らぐ気がする。

「えっと……じゃあ、ちー姉ちゃん？　お願いしてもいい？」

「あっ……え、ええ」

裕児が声をかけると、肉棒を見つめていた千羽耶が我に返ったように頷いた。そして、ソファから起き上がると、たくし上げられた状態のトレーナーを脱ぎ、ブラジャーも外して上半身だけ裸になる。

それから、彼女は跪いてペニスに顔を近づけた。

由紀のときにも思ったことだが、いつもは見上げている相手が足下に跪いているというシチュエーションには、やはり優越感を覚えずにはいられない。

そのまま見守っていると、又従姉が怖ず怖ずと手を伸ばし、竿を優しく握る。

それだけで心地よさがもたらされて、裕児は思わず「うっ」と呻いていた。

今にも先走り汁が出そうなほど昂っていることもあり、油断したらあっという間に達してしまいそうだ。しかし、女性に握られただけで射精するのはあまりに情けない気がして、どうにか我慢する。

その間に、千羽耶はペニスの角度を調整して大きな身体をかがめると、舌を先端に恐る恐るといった様子で這わせてきた。

「んっ。レロ、レロ……」

「ああっ、それっ。くっ、すごくいいよっ」

もたらされた快感の大きさに、裕児はそう口にしていた。

「んむっ。チロ、チロ、レロロ……」

嬉しそうな声を漏らして、彼女は亀頭からカリに舌を移動させた。そして、最も太い部分を何度か舐め回してから、竿に舌を這わせてくる。

「ンロロ……ピチャ、ピチャ……」

（ああっ、すごい！　ちー姉ちゃんのフェラ、すごくいい！）

又従姉の奉仕に、裕児はペニスからの性電気に酔いしれながら、胸が熱くなるのを抑えられずにいた。

もちろん、自分で「下手」と言っていたとおり、手慣れた由紀のフェラチオと比べるとぎこちないし、どこか遠慮がちなのは否めない。単純なテクニックなら、八歳上の若妻の圧勝である。

（だけど、あのちー姉ちゃんが本当に僕のチ×ポを舐めて……ああっ、なんだか夢みたいだ！）

ずっと恋い焦がれてきたが、結婚してもう他人のモノになってしまった、と諦めていた相手。そんな彼女が今、自分のペニスに舌を這わせている。

千羽耶にこうしてもらうことは、性に目覚めてから何度も妄想し、自慰のオカズとしてきた。それが現実になっているのだから、胸が熱くなるのは当然と言えるだろう。

その思いが、テクニックの拙さを補ってあまりある興奮をもたらしてくれている気がした。

裕児がそんなことを思っていると、又従姉が舌を離した。そして、「あーん」と口を開けて慎重に肉棒を咥え込んでいく。

しかし、半分を少し越えたところで、彼女は「んんっ」と苦しそうな声を漏らして動きを止めてしまった。どうやら、これ以上は入れられないらしい。

由紀はもっと深く咥え込んでいたので、やはりここらへんが経験量の差なのだろう。

「んんっ……んむ……んむ……んじゅる……んぶ……んぐ……」

千羽耶が呼吸を整えると、ゆっくりとしたストロークを始める。

「くうっ。ちー姉ちゃん、気持ちいいよ」

もたらされた快感に、裕児は素直な感想を口にしていた。

当然、八歳上の若妻に比べれば動きが小さいし、ぎこちなさは拭えない。しかし、それでも恋い焦がれていた又従姉の口が自分の分身を咥え込み、懸命にストロークをしてくれている、という事実が興奮をいちだんと煽る。

しかも、上半身裸の千羽耶がペニスに奉仕している姿を見て、可憐な口からこぼれ出るくぐもった声と粘着質な音を聞き、その口内の熱と柔らかな唇の感触も感じているのだ。つまり、今は触覚だけでなく、視覚や聴覚からも刺激がもたらされている状態なのである。

（ああっ、もう出そうだ！　このまま口に出したい！　ちー姉ちゃんの口を、僕の精液で汚したい！）

射精のカウントダウンが始まると、そんな欲望が抑えようがないくらい湧き上がってくる。

彼女に、口内射精の経験があるかは分からない。だが、心の中に湧き上がった征服欲に抗うことなどできそうになかった。

昂った裕児は、又従姉が口を離せないように、その頭を強く摑んで動きを止めた。すると、千羽耶が「んんっ？」と声をあげた。突然のこちらの行動に、戸惑っているのだろう。

そんな彼女の様子を無視して、裕児は自ら腰を動かし始めた。

「んぶっ！　んむっ、んっ、んっ、んぐっ、んんんっ……！」

イラマチオになったため、千羽耶の口から苦しそうな声がこぼれ出る。

しかし、ここまで来たらこちらも今さらやめることなどできるはずがない。

「くうっ。口に出すから、ちゃんと受け止めて！　ううっ、出る！」

そう言うなり、裕児は限界に達して彼女の口内にスペルマを注ぎ込んだ。

「んんんんんんっ！」

千羽耶が目を白黒させながら声を漏らし、口の中を満たしていく精を受け止める。

もっとも、溢れたスペルマが口の端からこぼれて、白い筋を作っているのだが。

表情などから見て、陰茎を口から出したそうな様子だったが、こちらが頭を押さえている以上、それは叶わない。

（はぁー。これ、すごくいけないことをしている感じだ）

女性の頭を摑んで口内射精しているという、罪悪感混じりの嗜虐的な興奮に、裕児は酔いしれていた。

そして、長い射精がようやく止まった。

「ちー姉ちゃん？　僕の精液、ちゃんと飲んでね？」

そう指示を出してから、裕児は腰を引いて口から一物を出す。

「んんっ……んっ……んぐ、んぐ……」

千羽耶は、やや涙目になりながらもリクエストに素直に従って、口内を満たした白濁液を飲みだす。

そんな彼女の姿を見ながら、裕児は圧倒的な背徳感に浸っていた。

6

「んんっ……んむ……ふはあっ。すごく濃い。それに、精液がこんなにたくさん出るなんてぇ。お口に入りきらないなんて、初めてだわぁ」

口内のスペルマを処理し終えた千羽耶が、虚ろな目をしながら独りごちるように言葉を漏らす。

強引な口内射精だったとはいえ、彼女は特に怒った様子を見せていなかった。それどころか、陶酔した表情にすら見える。

また、その態度や言葉から、裕児の精液が士郎よりも濃くて量が多いのは明らかだ。

(大きさ以外でも、僕は士郎さんに勝っているのか)

そんな優越感に浸りながら、へたり込んだ又従姉に改めて目を向ける。

千羽耶は、内股をモジモジと擦り合わせながら、一発出してなお硬度を維持したままの陰茎を、なんとも物欲しそうに見つめていた。

その表情だけで、こちらも心臓が大きく高鳴る。

(くうっ。早く、ちー姉ちゃんと一つになりたい！)

という欲望が湧いてきて、彼女を床に押し倒したい衝動に駆られる。おそらく、童貞の頃ならこの本能に抗えなかっただろう。

だが、由紀との二度の経験のおかげで、今は興奮しながらもなんとか理性が働くようになっていた。

（いや、待てよ。どうせなら、ちー姉ちゃんに自分からしてもらったほうがいいかもしれないな）

奥ゆかしいタイプや処女であれば、こちらから積極的にするべきだろう。

しかし、千羽耶は結婚するまで高身長にコンプレックスを抱いていたとはいえ、それなりに社交的で、しかも世話好きな性格である。

ここまでしておいて、今さら彼女がこちらを拒むことはあるまい。それでも、どうせならその性格を最大限に活かして一つになりたい。

そう考えた裕児は、位置を移動してソファに座った。

「ちー姉ちゃん、僕にまたがって自分で挿れてくれる？」

「えっ？　わ、わたしが自分で？」

こちらのリクエストに、又従姉が困惑の声をあげる。

「うん。ちー姉ちゃんがしたくないんなら、ここでやめてもいいし、任せるよ」

自身の欲望を抑え込みながら、裕児は平静を装って言った。

「……もう。わたしが断るはずがない、と分かっていて、そんなことを言っているんでしょう？　裕児くんって、意外と意地悪なのね。小さい頃は、とっても素直ないい子だったのに」

千羽耶が、頬をふくらませて拗ねたように応じた。そして、諦めたように立ち上がり、ホックを外してファスナーを開けてスカートを床に落とす。

そうして露わになった白いレースのショーツには、内側の陰毛や秘部が透けて見えるほど大きなシミができていた。先ほど触れたときより濡れているように見えるのは、気のせいではあるまい。おそらく、フェラチオで彼女も相当に興奮していたのだろう。

千羽耶は、ややためらいがちにショーツに手をかけた。そして、意を決したようにそれを引き下げ、足から抜き取って床に置く。

全裸になると、又従姉は裕児の前にやって来た。

（うわぁ。あれが、ちー姉ちゃんのオマ×コ……それに、裸のちー姉ちゃん、すごくエロくて綺麗だな）

裕児は、まるで初めて女性の裸を目にしたような感動を覚えていた。

由紀のは見ているが、やはりずっと恋い焦がれていた女性の裸には、違った感慨を覚えずにはいられない。

ずっとバレーボールを続けていたおかげか、その肉体は全体的に引き締まっていてスレンダーな印象だが、出るべきところは出ていてバランスがよく見える。

また、千羽耶の秘部はやや濃いめに生い茂った恥毛が蜜で皮膚にへばりついており、隠れるように存在する割れ目から新たな愛液が溢れていた。それが、淫靡な雰囲気をより強めている気がする。

「も、もう、あんまりジロジロ見ないで」

黙って見つめていると、千羽耶がそう言いながら、真正面からまたがってきた。そして、肉棒を握って自ら股間にあてがう。

「んあっ。裕児くんのオチ×チン、当たってぇ」

と声を漏らしつつ、彼女はそのまま腰を腰を下ろし始めた。

すると、一物がズブリと割れ目に呑み込まれる。

「んああっ！　は、入ってきたぁ。裕児くんの大きなオチ×チン、わたしの中にぃ」

一瞬、大きい声を出してから、又従姉は声をどうにか抑えてそんなことを口にした。

そうして、さらに腰を下ろしていく。

間もなく、彼女のヒップが裕児の太股（ふともも）にぶつかり、その動きが止まった。

「ふあああ……全部入ったぁ。奥まで届いてぇ……わたしぃ、あの裕児くんと一つになっちゃってるぅ」

身体を震わせた千羽耶が、陶酔した表情を浮かべながら言う。

（ああ、とうとうちー姉ちゃんと……これが、ちー姉ちゃんのオマ×コの中か！）

裕児のほうも、そんな感動で胸が震えるのを抑えられずにいた。

吸いつくような由紀の膣肉に対し、又従姉の中はうねって絡みついてくるような感触が強い。もちろん、どちらも気持ちいいので優劣はつけられないが、膣内の感触の違いがいっそうの感動をもたらしている気がしてならなかった。

だが、いつまでもジッとしていても仕方があるまい。

「ちー姉ちゃん、動いてくれる？」

「う、うん……んっ、んっ……」

裕児が促すと、彼女は首を縦に振り、肩に手を置いてソファの弾力と膝のクッションを使って腰を上下に動かしだした。

「あっ、んっ、はっ、これっ、あんっ、子宮っ、ふあっ、来てぇ！　あんっ、ズンってぇ、んはあっ、士郎さんのじゃっ、んはっ、ここまでっ、あんっ、来ないのぉ！　んくっ、いいっ！　はうっ、あんっ……！」

抽送を始めるなり、千羽耶が喘ぎながらそんなことを口にした。

当然と言えば当然だが、夫のペニスでは届かない奥の部分を突かれて、かなりの快感を得ているらしい。

美人だが長身すぎたせいで、又従姉は社会人になって自分より少し背が高い士郎と出会うまで、異性との交際経験がなかった、と聞いたことがある。つまり、リアルな肉茎は夫以外知らないということだ。そんな彼女を、今は自分のモノで喘がせている。

そう実感すると、ずっと抱いていた士郎への嫉妬心も薄らいでいく気がした。

「んっ、あっ、あんっ、声っ、んんっ、勝手にっ、ふあっ、出ちゃうっ。あんっ、んんっ、はあっ……！」

と言いながらも、千羽耶は腰の動きを止めようとしなかった。

隣近所に声を聞かれるのは怖いが、この快感をもはや中断などできない。

そういう彼女の心理が、今の言葉からも手に取るように伝わってくる。

（ちー姉ちゃん、すごく色っぽくて、オッパイも僕の目の前で揺れていて……）

快楽を貪る又従姉を見ながら、裕児は今さらのように彼女のバストの位置に気付いていた。

何しろ、こちらより背の高い千羽耶が、今は膝の上に乗っているのだ。そのため、乳房がほぼ目の前と言っていい高さにある。

もちろん、彼女の動きに合わせてふくらみが揺れているため、正確な高さではない。しかし、無理なく口に入れられる位置なのは間違いない。

（そういえば、ちー姉ちゃんは乳首が弱いんだったな）

先ほどの愛撫を思い出して、どうにも我慢できなくなった裕児は、狙いを定めて又従姉の乳首にしゃぶりついた。

「チュパ、チロ、チロ……」

「ひゃうんっ！　そっ、それぇ！」

突然の乳頭への刺激に驚いたようで、千羽耶が動きを止めて素っ頓狂な声をあげる。

結合部だけでなく、敏感な部位からも刺激がもたらされて、かなりの快感が全身を貫いたのだろう。

「ちー姉ちゃん？　声を我慢しながら、ちゃんと動き続けてよ。んむっ、チュブ、レロ……」

いったん愛撫を中断してそう声をかけて、裕児はすぐにまた乳首を舌で弄り回した。

「んあっ、そんなっ……あんっ、こっ、これっ、はうっ、気持ちよすぎてっ……んっ、声っ、あんっ、自然にぃ……んはっ、あんっ……！」

そんなことを口にしつつ、千羽耶が裕児の頭を抱え込むようにして腰の動きを再開する。どうやら、彼女も快感に溺れることを選んだようだ。

しかし、こうしていても裕児が体勢に苦しさを感じないのは、やはり男女の身長差が普通と逆だからこそだと言えるだろう。

(正直、ちー姉ちゃんより小さいのはずっとコンプレックスだったけど、こうやって悦ばせられるんなら、結果オーライかな?)

そんなことを思いながら、裕児は舌の動きをいっそう強めた。

「ンロロ……ピチャ、ピチャ……」

「んあっ、あんっ、んくうっ、はあっ、乳首ぃ！　んはあっ、ああっ……！」

又従姉は、懸命に声を噛み殺そうとしているらしく、喘ぎながら裕児の頭を抱え込んだ腕にいちだんと力を込める。おかげで、顔が乳房に思い切り押しつけられたような格好になってしまう。

(んぶっ。オッパイに顔が埋まって……ちー姉ちゃんの体温や匂いが感じられて、これは幸せだけど……い、息がしづらい！)

彼女の胸の大きさは、大きすぎず小さすぎない適度なサイズなので、顔がスッポリ埋まるということはない。しかし、それでもふくよかな乳房に顔を押さえつけられれば、口だけでなく鼻も大部分が塞（ふさ）がれるため呼吸が困難になる。

おそらく、同じことを爆乳の奈々子にされたら、あえなく窒息してしまうのではないだろうか？

もちろん、千羽耶としては、快感を少しでもいなそうとしているのかもしれない。

だが、これでは逆に自ら又従弟を胸に押しつける羽目になっている、ということに彼女は気付いていないようだ。

「はあっ、あっ、あんっ、いいっ！　んあっ、あんっ、んくうっ、はあっ……！」

又従姉は、裕児の頭を抱きしめたまま、喘ぎ声を漏らしながらひたすら腰を動かし続けていた。やはり、すっかり理性が吹き飛んでしまったらしい。

（こうなったら、ちー姉ちゃんをイカせるしかない！）

そう考えた裕児は、乳頭への愛撫をさらに強めた。

「んあっ、あんっ、んくうっ、あうっ……！」

舌の動きに合わせて、千羽耶の喘ぎ声も切羽詰まったものに変わり、抽送も小刻みになっていく。

そのため、ペニスからさらなる性電気が脳に流れ込んできて、いよいよ射精感が湧き上がってくる。

「んあっ、あんっ、もうっ、ああっ、わたしっ、はうっ、イキそうっ……んはっ、あうっ、あんっ……！」

どうにか声を抑えながら、又従姉がそう口走った。それでも、彼女はピストン運動を続けており、腰を持ち上げる気配はまったくない。

とはいえ、強引にバストから顔を離して、注意を促す気にはならなかった。

（どうせなら、このままちー姉ちゃんと一緒にイキたい）

そんな思いが、朦朧とした裕児の心を支配している。

そこで、裕児はソファの弾力を利用して自らも小さく腰を動かしだした。

「んああっ！　ゆっ、裕児くんっ、はうっ、動いちゃっ、あんっ、声がっ、んんっ、はうっ、子宮っ、あんっ、ひうっ、駄目、ああっ、イクッ！　ああっ、もうっ……」

どうにか声を抑えながらも、千羽耶が切羽詰まった様子で腕にさらに力を込める。

おかげで、とうとう裕児の顔は乳房に完全に埋まってしまった。

（ああ、もうこのまま窒息してもいい）

という陶酔感を抱きながらも、裕児は動きを合わせて突き上げを続けた。

「はあっ、もうっ、あんっ、わたしぃ！　あんっ、これ以上はぁ……んむうううううううううううううう!!」

とうとう限界を迎えた千羽耶が、大声を堪えながら身体を強張らせる。

同時に膣肉が収縮し、陰茎に甘美な刺激がもたらされる。

そこで限界を迎えた裕児は、彼女の中に出来たてのスペルマを注ぎ込んだ。

「んはああああっ！　中、出てるぅ。熱いの、いっぱぁい……」

身体を震わせながらそんなことを口にして、又従姉の全身から力が抜けていく。

「ぷはっ。はぁ、はぁ……」

腕の力も緩(ゆる)んだため、裕児は射精の心地よさに浸りながら、乳房から顔を離して肺に空気を取り込んだ。あと少し遅かったら、本気で窒息死していたかもしれない。

「ふああ……はぁ、はぁ、はふう……」

千羽耶が息を乱しながら、グッタリと体重を預けてくる。

そうして彼女のぬくもりを身体中で感じていると、なんとも言えない感動が胸に込み上げてきた。

（ああ……僕、とうとうちー姉ちゃんとセックスできたんだ。しかも、中出しまでしちゃって……）

他の男と結婚してしまい、こうなることを諦めていた女性と念願を叶え、おまけに中に射精までできた。これは、二十年ほどの自分の人生で最高の出来事と言ってもいいかもしれない。

　その満足感と放出の余韻に浸りながら、裕児は又従姉の背に回した腕に力を込めていた。

第三章　汁まみれの爆乳若妻

1

土曜日の「ほほえみ」の練習日、今日も全員が裕児の指示に従って、熱心に練習に励んでいた。

チームの命運を賭けた試合が近づくにつれ、メンバーの目の色がより変わってきて熱気も増している。

負けたら解散するしかない、という危機感はもちろんなのだが、裕児の指導でレベルアップを実感してバレーがいっそう楽しくなった、とはメンバーたちの弁である。

このように言ってもらえると、監督兼コーチを引き受けた甲斐もあるというものだ。

また、彼女たちをなんとか勝利に導きたい、という思いもいちだんと大きくなる。

そんなことを考えながら、裕児は二面あるコートの片面でスパイクの練習に励んでいる又従姉に目を向けた。

千羽耶は今、セッターの中原沙織とタイミングを合わせて、スパイクの成功率を上げる練習をしていた。運動神経に難があってミスの多い彼女だが、セッターとのリズムが合えば、その身長を活かした高い打点からのスパイクを打てる。これが何本も決まるようになると、相手も警戒せざるを得なくなるだろう。

(うーん……ちー姉ちゃん、何もなかったような顔をしているけど、なんとなく僕と距離を置こうとしている感じだな。それに、スパイクの精度も落ちているし。まぁ、火曜日にあんなことしちゃったんだから、仕方がないんだろうけど)

今日、裕児はここまで千羽耶とは挨拶とアドバイスしか会話をしていなかった。それ以外で声をかけようとしても、そそくさと離れていき、取り付く島がないのである。

あのとき、流されて裕児を受け入れたことを後悔しているのか、という気もしたが、それにしては遠くからチラチラとこちらを見るなど、意識しているのは感じられた。

スパイクの失敗も、前回のように気もそぞろだからではなく、裕児が見つめたり近づいたりすると、明らかに力みすぎてフォームが乱れてミスが増えるのだ。おそらく、緊張しているのだろう。

（これは、少し放置したほうがいいのかな？）

と思いつつも、理由はどうあれ避けられていることに、一抹の寂しさは禁じ得なかった。

（それに、「一度だけ」って約束しちゃったし、もうちー姉ちゃんとはエッチができないんだよなぁ。あんなこと、言わなきゃよかった）

そんな気持ちも、ついつい湧きあがってきてしまう。

実際にするまで、彼女とは一回セックスすれば満足できる、と思っていた。だからこそ、「一度だけでいいから」と口にしたのである。

しかし、想像以上の快楽を味わったこともあり、もっと千羽耶とセックスをしたい、という気持ちが日々募（つの）っていた。

「ちょっと、監督ぅ？　千羽耶のことばっかり見つめていないで、少しはこっちも気にしてよぉ」

物思いに耽っていた裕児は、その由紀の不満げな声で我に返った。

「へっ？　あっ、いや、その……ちー姉ちゃん、前回の練習で床に頭をぶつけているし、医者から『異常なし』と言われていても、ちょっと心配で……」

「ふ～ん……本当に、それだけ？」

こちらの言い訳に対し、八歳上の若妻がそう言ってジト目で睨(にら)みつけてくる。

(ゆ、由紀さんの目が、ちょっと怖い)

裕児は、背中に冷たい汗が流れるのを感じていた。

奔放な性格の彼女だが、実は意外なほど察しが良く、また人望もある。そのため、「最も長く所属している」という理由でチームキャプテンを務めているセッターの中原沙織よりも、リーダーシップがあるくらいだ。

そんな女性なので、裕児と千羽耶の様子を見ていて、二人の間に何があったのか薄々でも察した可能性はある。

とはいえ、数日前に肉体関係を持った男が近くにいるのだから、本来は又従姉の緊張した態度が普通なのかもしれない。むしろ、関係を持ったあとも平然とスキンシップを図ってくる由紀が大胆すぎるのではないだろうか？

しかし、単に千羽耶と裕児の関係を悟っただけにしては、八歳上の若妻の視線はいささか冷たすぎる気がしてならない。

「まぁ、とにかく試合まで時間があんまりないんだから、千羽耶のことばかり気にしてないで、あたしたちのこともちゃんと見てよね」

肩をすくめながらそう言って、彼女がコートに戻っていく。

（ふぅ。確かに、由紀さんの言うとおりだ。今は練習中なんだから、ちー姉ちゃんばっかり気にしているわけにはいかないぞ）

裕児は、内心で安堵の吐息を漏らしつつ、自分の両頰を軽く叩いて気合いを入れ直すのだった。

2

市立体育館のコートは、バレーボールだけでなくバスケットボールなどと併用なので、次の予約がバレーボールサークルでない限り、練習が終わると後片付けをしなくてはならない。

もちろん、床掃除までは全員でするが、ネットやポールの撤去は大勢でやっても仕方がないので、チーム内での当番がローテーションで決まっている。そうして、当番が片付けをしている間に、他のメンバーは着替えて帰路に就くのだ。

もっとも、裕児はチームで唯一の男性で、しかも監督兼コーチという立場もあるため、どのみち毎回最後まで残る必要がある。以前はメンバー二人ずつで当番をしていたが、今は裕児と誰か一人が順番に残って片付けを担当していた。

(しかし、よりによって今日の当番がちー姉ちゃんだったなんて……いや、分かっていたのに、うっかり忘れていた僕も間抜けだけど)

と、裕児は内心で頭を抱えていた。

何しろ、彼女と肉体関係を結んだことばかり気にしていて、後片付け当番のことが頭から綺麗さっぱり吹き飛んでいたのである。

とにかく、数日前に身体の関係を持った相手と二人きりというのは、なかなかに気まずいものがある。ましてや、千羽耶は半袖半ズボンという練習着のままなのだ。

又従姉のほうも、こちらをあまり見ようとせず、黙々とポールとネットの片付けをしていた。どちらも二人がかりで片付けるため、どうしても距離が近づくのだが、彼女がかなり緊張しているように見えるのは気のせいではあるまい。

ただ、茅野あずみから「調子が悪いなら順番を代わろうか？」と言われたのに、千羽耶はそれを断っていた。つまり、裕児と二人きりになりたくない、とは思っていないのだろう。

(避けているようだけど、そうでもない？　うーん、ちー姉ちゃんは何を考えているんだ？)

と疑問を抱きながらも、ネットを持って体育館倉庫に入った又従姉に続いて、ポールを乗せた支柱運搬車を運び込む。

体育館倉庫には、バレーボールの用具だけでなく、バスケットボールや体操用のマットなども整然と置かれていた。そのもともとあった位置に、運搬車とネットを置けば、片付けは完了である。

ところが、千羽耶はこちらが運搬車を所定の位置に置いている間に、そそくさと出入り口へと移動していた。そして、内側から扉を閉めてしまう。

「えっ!?　ちー姉ちゃん？」

又従姉の行動に、裕児は目を丸くして疑問の声をあげる。

すると、彼女が駆け寄って無言で抱きついてきた。

背の大きな相手から急に抱きつかれ、しかも体重を預けられると、いくら下半身を鍛えていてもバランスを保てない。

裕児は、「うわっ」と声をあげるなり、そのまま押し倒されてしまった。

だが、運良くと言うべきか後ろに体育マットがあったので、そのまま倒れても痛みはさほどない。いや、もしかしてこれも千羽耶は狙っていたのだろうか？

「裕児くん……またわたしとセックスしてっ！」

こちらを押し倒した又従姉が、赤らんだ顔を上げて、意を決したように言った。

「えっ？　あの、でも、一回だけって……」

「そのつもりだったわ。だけど、わたしセックスであんなに気持ちよくなった経験がないから、あれからずっと裕児くんのことばっかり考えていて……実は、今日も練習にちっとも集中できなかったの。でも、他の人がいるところで、こんなことは絶対に言えないし……」

裕児の疑問に対し、彼女がそう応じる。

確かに、セックス云々など、いくらチームメンバー全員が既婚者で仲がいいとはいえ、練習中に口にできることではあるまい。

(それにしても、ちー姉ちゃんも僕のチ×ポをそんなに気に入ってくれたんだな)

由紀といい、人妻の二人がここまで自分のモノに夢中になってくれたということで、いっそう自信がついた気がする。

「裕児くんは、もうわたしとしたくない？」

こちらが黙っているのを勘違いしたらしく、千羽耶が心配そうに聞いてくる。

そこで裕児は、慌てて首を横に振った。

「そんなわけないよ！　むしろ、僕もまたちー姉ちゃんとしたいって思っていたし。だけど、『一度だけ』って約束だったから……」

「やっぱり、裕児くんは真面目ね。でも、お互いにまたしたいのなら問題はないでしょう？　ねっ？」

と、又従姉が笑みを浮かべる。

このように言われると、首を縦に振る以外の選択肢など取りようがない。

すると、彼女が顔を近づけ、唇を重ねてきた。

「んっ……んちゅ、ちゅっ、ちゅぶ……」

千羽耶が声をこぼしながら、ついばむようなキスを繰り返す。

そうして、ひとしきり裕児の唇を弄ぶと、今度は舌を口内に差し込んできた。

「んじゅぶ……んっ。んる……んむ、んじゅる、んんっ……」

又従姉が自ら舌を動かし、積極的にこちらの舌を絡め取る。すると、接点からなんとも言えない心地よさがもたらされる。

そこで、裕児も舌を動かし、チークダンスのように舌同士を絡め合った。そうして二人で舌をネットリと絡めていると、それだけで胸が熱くなってくる。

（くうっ。ちー姉ちゃんが自分から舌を動かして……本当に、僕とのエッチを気に入ってくれたんだな）

それに、こうして密着していると、先ほどまで練習していたため女性の芳香と汗の匂いが前回以上に強く感じられる。そのことも、興奮を煽ってやまなかった。

いよいよ昂りを抑えられなくなった裕児は、彼女が唇を離した瞬間、強引に体を入れ替えた。

突然のことに、千羽耶が「きゃっ」と声をあげる。しかし、マットに仰向けになったものの、彼女は抵抗の素振りをまったく見せない。

そこで裕児は又従姉にまたがると、汗でうっすら湿った練習着をたくし上げ、白地に紺のラインが入ったスポーツブラに包まれたふくらみを露出させた。さらに、カップをめくり上げて乳房を露わにする。

「ちー姉ちゃん、乳首がもう勃ってるね？　キスだけで、そんなに興奮したの？」

その指摘のとおり、彼女の二つの突起は既にツンと屹立していた。

「それもあるけど……実は、裕児くんと二人きりになってから、ずっとドキドキしていたから……」

こちらの質問に、千羽耶が少し恥ずかしそうに応じる。

そんな彼女の態度に、なんとも言えない愛おしさを感じて、裕児はさっそく乳首にしゃぶりついた。そして、片手で空いている乳房を鷲掴みにして、舌で乳頭を弄りながらふくらみを揉みしだきだす。

「レロ、レロ……チュバ、ピチャ……」

「んあああっ！　あっ、あんっ、それぇ……くうっ、や、やっぱりっ、んはっ、自然にっ、あうっ、声がっ、はあんっ、出ちゃうっ……あむっ、んんんっ……」

愛撫が始まった瞬間、アリーナにまで響きそうな喘ぎ声をあげた又従姉だったが、慌てた様子で練習着の裾を口に含んだ。そのおかげで、声がくぐもったものになる。

大声の心配がなくなったので、裕児はさらに愛撫を続けた。

本来ならば、いきなり弱点を責めるようなことはせず、じっくりと愛撫したかった。だが、ここは体育館倉庫である。しかも、練習前に予約表を見た限り、「ほほえみ」のあと少し時間が空くものの、バスケットボールチームの使用予定が入っていた。

つまり、のんびり行為に浸っている余裕はないのである。

ひとしきりバストを責めると、裕児はいったん身体を起こして又従姉の下半身に目を向けた。

彼女のバレーボールパンツの股間部分には、既にうっすらとシミができている。これ以上大きくなると、更衣室まで移動する際に誰かに見られたら、怪しまれてしまいかねない。

そう考えた裕児は、パンツに手をかけた。すると、こちらの意図を察した千羽耶が腰を浮かせてくれる。

裕児は、パンツとショーツを一気に引き下げ、彼女の下半身を露わにした。そして、脱がしたものを傍らに置いてから、改めて秘部に目をやる。

(おや？　なんだか、毛が整っているぞ？)

裕児は、又従姉のそこの変化に気付いて、つい見入っていた。

前回のとき、千羽耶の恥毛は手入れ前の芝生のようで、お世辞にも整えられているように見えなかったが、今回は綺麗に刈り揃えられている。

おそらく、又従弟と再び関係を持つのを想定して、陰毛の手入れをしたのだろう。さらに言えば、そういうことをするくらいこちらを意識するようになった、という証拠でもある。

そんなことを思うと、自然に悦びが込み上げてきた。

だが、秘裂の濡れ方を見た限り、まだ挿入にはやや早そうである。

そこで裕児は、彼女の身体の位置をズラして下半身をマットから少し床側に出してから、脚の間に顔を入れた。そうして、割れ目に顔を近づけ、蜜を舐め取るように割れ目に舌を這わせる。

「レロ、レロ……ピチャ、ピチャ……」

「んんーっ！　んっ、んむっ、んんんっ……！」

練習着の裾を噛んだまま、千羽耶がくぐもった声をこぼす。裾を噛んでいなかったら、アリーナどころか廊下まで響く大声が出ていただろう。

裕児は、さらに秘裂を割り開き、シェルピンクの肉襞に舌を這わせた。

「んむううう！　んんっ、んぐううっ！　むむむううっ、んんっ……！」

媚肉を刺激された又従姉が、身体を強張らせて先ほどまでより切羽詰まった声をあげる。

同時に、新たな蜜がしとどに溢れ出してきた。あらかじめ、下半身を体操マットから外しておかなかったら、マットに愛液のシミができていたかもしれない。

（これだけ濡れれば、もう大丈夫だろう）

そう考えた裕児は、秘裂から口を離して彼女を見つめた。

「ちー姉ちゃん？　そろそろ、挿れるよ？」

「んはあっ。うん、いいよぉ。わたしも、早く裕児くんのオチ×チンが欲しくてたまらないのぉ」

こちらの求めに対し、千羽耶がシャツの裾から口を離し、脚を広げて応じる。

案の定、彼女の心身も既に男根を迎え入れる準備を万端に整えていたらしい。

そこで裕児は、身体を起こすと一物を秘裂にあてがった。

それだけで、千羽耶が「あんっ」と甘い声をあげ、それからやや慌てて練習着の裾を改めて噛む。そうしないと大声が出ることは、彼女もよく分かっているようだ。

声の心配がなくなったのを確認して、裕児は陰茎を秘裂に押し込んだ。

「んんんんっ！」

たちまち、又従姉が押し殺した声をあげ、その身体にやや力がこもる。

構わず先に進み、奥まで到達すると、裕児は彼女のウエストを摑んで抽送を始めた。

「んっ、んむっ、んぐっ、んんーっ！　んんっ、んむぐっ、んんんっ……！」

ピストン運動に合わせて、千羽耶がくぐもった声を漏らす。

声だけ聞くと苦しそうだが、その表情を見た限り快感で悶えているのは間違いない。

そんな彼女の姿を見ていると、「もっと感じさせたい」という欲求が湧きあがってくる。

そこで裕児は、ウエストから手を離すと上体を倒した。そして、抽送を続けながら又従姉の乳首にしゃぶりつく。

「チュブ、レロ、レロ……」

「んんんーっ！　んんっ、むぐううっ！　んんっ、むううううっ……！」

たちまち、千羽耶が顔を小さく左右に振り、先ほどまでより激しく喘ぎだした。

同時に膣肉の締まりがよくなり、一物に得も言われぬ心地よい刺激がもたらされる。

また、結合部の潤いも一気に増してきた。

（くうっ。この反応……ちー姉ちゃん、もうイッちゃいそうなんだな？）

全体的な肉体の反応や身体の紅潮具合から、裕児は彼女の限界が早くも訪れることを察していた。

かなり早い気はしたが、おそらく又従姉もいつ誰が来てもおかしくない場所での行為のスリルで、相当に昂っていたのだろう。

もっとも、こちらも背徳的な場所でのセックスという昂りに加え、一発も抜かずに挿入している。そのため、膣肉の蠢きでもたらされる刺激によって、射精へのカウントダウンがあっさり始まるのを感じていた。

（抜いて外に出したほうが……いや、そうしたらマットを汚しちゃうかもしれないな）

今、千羽耶の下半身は床側に出ているので、中出しで精液がこぼれても床に落ちるだけで済む。しかし外出しの場合、射精した際に勢いあまってマットにスペルマが付着でもしたら、あとの掃除が面倒そうだ。

（となると、このまま出すしかない。マットとか汚さないようにするには、仕方がないよな？）

前回に続く中出しに、まだためらいはあったものの、裕児は心の中で言い訳しながら抽送の速度を上げた。

「んっ、んっ、んむうっ！　んんっ、んんっ……！」

又従姉は、服の裾を噛んだままこちらの動きに合わせてひたすら喘いでいた。

こちらの意図が分からないはずもなかろうが、特に抵抗の素振りもない。ということは、彼女も中出しを了承していると見なしていいのだろう。

そう考えて、裕児はひたすら腰を動かし続けた。

「んんっ、んんっ！　んむううっ！　んんんんんんんんん!!」

ついに、千羽耶がくぐもった絶頂の声をあげ、おとがいを反らしながら身体を強張らせた。

すると、膣肉が収縮して肉茎に甘美な刺激がもたらされる。

そこで限界を迎えた裕児は、「くうっ」と呻くなり動きを止め、彼女の中に大量の精を注ぎ込んだ。

3

「はあっ、あんっ、もうっ……んあっ、裕児くんったらぁ。あんっ、駄目よ、こんな……はううっ」

　寺本邸のキッチンに、千羽耶の甘い喘ぎ声が響く。

　今、裕児は私服にエプロン姿で調理台に向かっている又従姉を後ろから抱きすくめていた。そして、片手をエプロンの内側に滑り込ませてふくらみを揉みつつ、もう片方の手はスカートをたくし上げて秘裂に指を這わせている。

　今日は、練習帰りに千羽耶が寺本邸に来て、夕飯を作ってくれることになっていた。しかし、裕児は彼女のエプロン姿に欲情し、我慢できずに背後から襲いかかってしまったのである。

　とはいえ、又従姉のほうも「駄目」と甘い声で言いながらも、少し身じろぎする以上の抵抗はしなかったのだが。

　自分より背の大きな女性を抱きすくめている体勢なので、もしも本気で抵抗されたらその動きを抑えるのは難しいだろう。つまり、これは彼女も裕児の行為を受け入れてくれている証拠だ、と言える。

そんなことを思うだけで、裕児の中に奇妙な興奮が湧き上がってくる。

「あんっ。もう、はうっ、これじゃあ……ああんっ、ご飯をっ、ふあっ、作れないわよぉ」

喘ぎながら、千羽耶がそんなことを口にする。

「ちー姉ちゃんのエプロン姿が色っぽすぎて、我慢できなくなっちゃったんだよ」

愛撫を続けながら、こちらが反論すると、

「んはあっ、本当にぃ、あんっ、裕児くんがっ、ああっ、こんなにっ、はううっ、エッチな子だったなんてぇ、んはあっ、思わなかったわぁ。ふあっ、はあんっ……」

と、彼女が甘い声で言う。

「じゃあ、やめようか？」

そう言って、裕児は愛撫の手を止めた。

「あんっ、駄目ぇ。やめないで。もっとしてぇ」

刺激が止まるなり、すぐに又従姉が切なそうに訴えてきた。

「ちー姉ちゃんだって、すごくエッチじゃん？」

「ああ、もう……そうよぉ。わたしも、すっかりエッチになっちゃったのぉ。裕児くんが欲しくて、たまらないのぉ。だから、続けて。もっと、エッチなことしてぇ」

こちらの指摘を、彼女もすぐに認めておねだりしてくる。

「分かったよ。それじゃあ……」

そう応じて、裕児は手探りでブラウスのボタンを外し、手を内側に滑り込ませた。

同時に、指もショーツの内側に入れて秘裂に直接触れる。

彼女のそこは、既に蜜を溢れさせていた。

「ああーっ！　それぇ！」

割れ目に指がじかに触れただけで、千羽耶が甲高い悦びの声をあげる。

それを聞きながら、裕児は愛撫を再開した。

体育館倉庫での行為のあと、二人のタガは完全に外れてしまった。

あれ以来、裕児と千羽耶はセックスを知ったばかりの若者カップルや発情期の動物のように、時間があれば求め合い、情事にのめり込むようになったのである。

さらに数日後、裕児は彼女が住んでいるマンションの部屋をまた訪れていた。

「んっ、裕児くんっ！　あっ、あんっ、いいっ！　んっ、あっ……！」

寝室のベッドに寝そべった裕児の上にまたがった又従姉が、夢中になって腰を上下に動かしている。

「くうっ。ちー姉ちゃん、気持ちいいよ」

そう声をかけると、千羽耶が心から嬉しそうな笑みを浮かべ、腰の動きをさらに大きくした。

「んあっ、あんっ、わたしもっ、ふあっ、いいのぉ。奥っ、んはっ、ズンズンってされてっ、あふうっ、ああっ……！」

喘ぎながら彼女が腰を振ると、ふくらみがタプタプと揺れる。それが、なんとも淫靡に見えてならない。

ちなみに、こうして又従姉の自宅マンションを訪れるとき、裕児はデリバリーサービスでの来訪を装っていた。そのため、玄関の廊下には料理を運ぶときに使っている大きなリュックが置いてある。

もちろん、専用アプリはオフラインのままだし、リュックの中身も空っぽだ。しかし、あれを背負っていればマンションを訪れても不審がられる心配はない。

由紀としたときにそのことを学習した裕児は、千羽耶のマンションを訪れるときには、示し合わせてデリバリーでの来訪を装っていた。

当然、こうして千羽耶との逢瀬に溺れていると仕事量が減って、実入りも少なくなる。だが、今はあくせく稼ぐよりも、彼女との肉体関係に溺れたかった。

「はあっ、ああっ、ああんっ！」

不意に、甲高い声をあげると、千羽耶がいったん動きを止めて前に身体を倒してきた。そして、裕児に覆い被さるようにしながら、抽送を再開する。

「んっ、んんっ、んあっ、んむうっ……！」

たちまち、彼女が枕に口を押しつけて喘ぎだす。

（ちー姉ちゃんのオッパイが、口の近くに……）

多少のズレはあるが、身長差のおかげでこの体位でも乳房がなかなかいい位置に来ている。

そこで裕児は、ふくらみに手を添えて少し持ち上げながら、突起を口に含んだ。

「チュバ、レロ、ンロ……」

「ふはああっ！　あんっ、それぇ！　わたしっ、んんっ、すぐにっ、あんっ、イッちゃうよぉ！　んむうっ、んんんっ……！」

弱点を責められて、千羽耶が枕から口を離して快感を訴える。が、またすぐに枕に口を押しつけ、なんとか声を殺して喘ぎだした。

それに合わせて、彼女の膣肉が妖しく蠢き、ペニスに得も言われぬ心地よさをもたらす。

そんな又従姉の様子に興奮を煽られた裕児は、乳首への責めを続けながら、自らも射精に向けて腰を動かし始めるのだった。

4

裕児がパスに見立てて投げたボールに対し、中原沙織が「はいっ」とトスを上げる。

それに合わせて、千羽耶が助走をつけて大きくジャンプし、思い切り腕を振る。

すると、彼女の手がボールをいい位置で捉え、威力のあるスパイクがスパーンと心地よい音を立ててコートの向こう側に突き刺さった。

「ナイス、ちー姉ちゃん！　今のタイミングを忘れないで！」

裕児は手を叩き、又従姉に声をかけた。

すると、千羽耶のほうも「はいっ」と満面の笑みを見せる。

そんな会心と言ってもいい笑顔を向けられると、心臓が自然に高鳴って、彼女を抱きしめたい衝動が湧いてくる。

（だけど、今は練習中だし、みんなの前なんだから、自重(じちょう)、自重）

と、裕児は欲望を懸命に抑え込んだ。

裕児と遠慮なしに関係を持つようになってから、又従姉の動きは目に見えてよくなっていた。

もちろん、彼女はもともと運動神経があまりよくないので、今のように完璧なスパイクの成功率はお世辞にも高くない。しかし、セッターの沙織と徹底的にリズムを合わせる練習を繰り返したことで、以前と比べれば格段によくなっていた。これならば、相手チームも長身の千羽耶の攻撃を警戒せざるを得ず、他の二人のアタッカーへの注意が疎(おろそ)かになるだろう。

九人制と六人制では、当然のことながら一人あたりの守備範囲にも差がある。一ヶ月半程度の練習で、九人制に慣れ親しんだ人間が六人制の守備に、完璧に対応できるとは思えない。したがって、チーム内最高身長の又従姉のスパイクが何発か決まれば、相手はかなり警戒するはずだ。

だが、これこそスパイクの成功率が高い由紀と明里を活かすための、裕児の目論見なのである。

攻撃に関しては、これで目処が立ったと言っていいだろう。

守備のほうも、リベロの茅野あずみとブロッカーの堀江麻衣の頑張りが予想以上で、かなり様になってきている。

もちろん、相手は九人制の全国レベルの実力者なので、本来の威力のスパイクを打たれたり、フェイントなどのテクニックを使われたら、さすがに対応は難しいだろう。しかし、ネットの高さの違いがある以上、どの技術も威力や精度が相当に落ちるはずだ。それならば、今のあずみと麻衣でもある程度までは対処できるに違いあるまい。

(となると、まだ初心者の井口さんは別として、残る問題は山口さんか……)

ブロッカーとしての役割を期待していた奈々子だったが、ブロックのコツが摑めないらしく、なかなか苦戦していた。特に今日は、練習にイマイチ身が入っていない様子である。

「山口さん、ネットから離れすぎです。タッチネットが怖いんでしょうけど、その位置でブロックすると自陣にボールが落ちて、相手のポイントになっちゃいますよ」

ボールを使わずに、ネット際でジャンプ練習をしていた奈々子に、裕児はそう声をかけて近づいた。

「いいですか？　立つ位置は、今より一歩手前。この位置で飛んで、肩甲骨を意識しながら手を上げて……って、聞いてます？」

解説の途中で、裕児は首を傾げて問いかけた。

と言うのも、爆乳若妻は何故か元の位置から離れて、裕児と二メートルほどの距離を取っていたのである。

「き、聞いてますよ、監督。ジャンプする場所、位置ですよね？　ここらへんで、いいですか？」

奈々子は、やけにアタフタしながら視線を逸らしてネットのほうを向いた。そして、その場でブロックの練習をしだす。

（なんとなく感じていたけど、僕、やっぱりここ最近、山口さんに避けられているよな？）

実は前回の練習あたりから、爆乳若妻は裕児に接近しなくなっていた。気のせいかとも思ったが、こうして近づいて指導を始めると、やはり彼女がこちらと距離を取ろうとしているのは明らかである。

（はて？　僕、山口さんには特に何もしてないんだけどな？）

という疑問を抱きつつも、裕児は真横から見た彼女の姿に、つい目を奪われていた。

何しろ、この位置からだと奈々子の胸の大きさがはっきり分かり、しかもジャンプするたび、その爆乳がブルンブルンと音を立てんばかりに大きく上下に揺れているのが丸見えなのである。

おそらく、彼女も乳房の揺れを防ぐためスポーツブラを着用しているはずだ。しかし、それでもまるで抑えきれないのだから、生で見たらいったいどれほどのボリュームなのだろうか？

（はっ。イカン。つい、オッパイに見とれてしまった。もしかして、山口さんも僕の視線に気付いているのかな？）

そのせいで女性に避けられているのだとしたら、こちらの自業自得と言える。とはいえ、小さなバストが好きな人間でもない限り、あの豊かすぎるふくらみに目を奪われるのは、男として当然のことではないだろうか？

ただ、謝罪するのは簡単だが、もしも避けられている理由が別にあるのだとしたら、逆に胸のことを彼女に過剰に意識させてしまいかねない。下手をすれば、セクハラ扱いされるだろう。

（どうしよう？　こういうとき、やっぱり男が女性チームの監督をする難しさがあるよなぁ。仕方がないから、ちー姉ちゃんに相談してみるか？）

姉御肌の由紀に相談してもいいのだが、この手の話をすると面白がって火に油を注ぐのではないか、という恐ろしさがある。

その点、千羽耶ならば又従姉弟という関係と、既に何度となく肌を重ねている気安さで相談もしやすい。加えて、奈々子と同じマンションの同じ階に住んでいて、「ほほえみ」に誘った張本人でもあるので、事情を聞き出すには適役だろう。

そう考えた裕児は、頃合いを見計らって又従姉に声をかけると、アリーナの隅に移動して爆乳若妻の件を相談した。

「……と言うわけで、なんで山口さんが僕のことを避けているか、聞いて欲しいんだけど？」

すると、千羽耶が困惑したような表情を浮かべながら、

「あー……うん、あの、一応、わたしは理由を知っているんだけど……わたしの口からは、ちょっと言いづらいかな？」

「えっ、知っているの？　言いづらいって、いったい何？」

「だから、わたしからは……分かった、奈々子ちゃんに言っておくわ。練習が終わったら、本人から直接聞いてちょうだい」

と、言葉を濁して又従姉は裕児から離れていく。

（結局、何がなんだか？）

首を傾げながらも、裕児はその後もチームの指導を続け、終了時刻になった。

その後の片付けは、本来であれば今日の当番は由紀だったが、「どうしても外せない用がある」とのことで代わりに千羽耶が担当することになった。

彼女と共にネットとポールを体育館倉庫に片付けていると、少し前にした行為を思い出さずにはいられない。しかし、今回は又従姉も迫ってこなかった。

もっとも、片付けを始めるときに、「あとで奈々子ちゃんの相談に乗ってあげてね」と言われていたので、おそらくどこかで彼女を待たせているのだろう。であれば、ここでしっぽりしているわけにもいくまい。

それはそれで残念だったが、今は爆乳若妻の問題を片付けるほうが先決である。

体育館倉庫を出て扉を閉めると、裕児は千羽耶と共に歩きだした。

そうして彼女が向かったのは、更衣室のある地下だった。

(着替えて、外で山口さんと合流するのかな?)

そんなことを思っていると、千羽耶が女子更衣室の前で立ち止まった。

「裕児くんは、ここでちょっと待っていてね」

そう言って、彼女は一人で更衣室に入った。

(外で会うんなら、僕も今のうちに着替えたほうがいいと思うんだけど？　男子更衣室は向かいだし、どうせ男の僕のほうが早いんだから)

いっそ、さっさと着替えてしまおうかとも考えたが、万が一にもその間に又従姉が出てきたら文句を言われそうなので、ひとまずは言われたとおりに待機する。

少ししてドアが開き、私服に着替えた千羽耶が顔を出した。

「裕児くん、お待たせ。奈々子ちゃんが待っているから、中に入って」

「えっ？　だって、ここは女子更衣室……」

「ええ。だからこそ、奈々子ちゃんも話しやすいだろうと思ったのよ」

目を丸くした裕児に対し、又従姉が事もなげに応じる。

（いや、確かに一度、由紀さんに強引に連れ込まれているけど……）

とはいえ、あれは体調不良を装った八歳上の若妻の企みのせいである。相談相手が待っているにしても、自ら入るのはさすがに気が引ける。

「あの、なんで女子更衣室なのさ？　他の場所じゃ、駄目なの？」

「ん～……そこらへんは、奈々子ちゃんに直接聞いて欲しいかしら？　それじゃ、わたしは帰るから、あとはよろしくね」

裕児の質問に、千羽耶が少し複雑そうな表情を浮かべながら言う。

「ええっ？　ちー姉ちゃん、付き合ってくれないの？」

「当然よ。二人きりじゃないと、奈々子ちゃんも恥ずかしいと思うもの。ほら、早く入って」

千羽耶が、腰が引けている裕児の手を取って、女子更衣室に引っ張り込む。そして、

自分は入れ替わるように更衣室の外に出ると、

「奈々子ちゃん、頑張って。裕児くん、よろしくね」

と、少し寂しそうな表情を浮かべながら言って、ドアを閉めてしまった。

呆気に取られながら前を見ると、練習着のままの奈々子が長椅子に座っていた。

彼女は、練習中はポニーテールにしている髪を下ろしており、あまりその姿を見慣れていないこともあって、雰囲気が普段と違って見える。しかし、緊張のせいか顔だけでなく身体まであからさまに強張らせていた。

もっとも、女の園の女子更衣室で爆乳若妻と二人きりということもあり、裕児のほうもかなり緊張していたのだが。由紀や千羽耶との経験がなかったら、目の前の女性に劣らず硬くなってしまい、まともに言葉を発せなかったかもしれない。

「ええと、山口さん？　僕に相談があるらしいですけど……なんでしょう？」

このままでは、彼女が何も言わなそうだったので、裕児はやむなく頭を掻きながら切り出した。

「ひゃっ、ひゃいっ。あっ、あのっ、そのっ……」

奈々子が、座ったまま激しく上擦った声で口を開く。

「僕と話すのは初めてでもないでしょうに、何をそんなに緊張しているんですか？

って言うか、ここ最近、ずっと僕のことを避けてましたよね？　僕、山口さんに何かしましたか？」

「な、なにゃ……じゃなくて、奈々子……」

こちらの問いかけに、新婚の若妻が噛みながらピントのズレたことを言う。

裕児が、「は？」と首を傾げると、奈々子はアタフタしながら、

「えっと、その、姓ではなく、あの、名前で呼んでいただければ……」

と、消え入りそうな声で言う。

「ああ、そういう……分かりました、その、奈々子さん」

「はっ、はひっ。なんでしょう？」

裕児が名を呼ぶと、彼女はまた上擦った返事をした。

「いや、質問をしているのは僕のほうで……僕、奈々子さんに避けられるようなことをしましたか？　気付かないうちに、気を悪くするようなことをしていたんなら、謝りますけど？」

「あっ、えっと、その……ち、違うんです。あの、その……」

と言い淀んでから、奈々子は何度か深呼吸をして、意を決したように口を開いた。

「あのっ！　監督……いえ、裕児さんのオチ×チンに、パイズリさせてください！」

予想もしていなかったリクエストを受けた裕児は、呆気に取られて思わず「はぁ？」と間の抜けた声をあげていた。女性のほうから、いきなり「パイズリをさせて」などと言われるなど、想像の斜め上の展開すぎて思考が追いつかない。

すると、言葉が足りなかったことに気付いたのか、奈々子が慌てたように続けた。

「あっ、その、実はわたし、裕児さんと千羽耶さんの関係を知っていて……その、少し前にあなたがデリバリーで千羽耶さんの部屋に来たのを見て、挨拶しようと思ってドアの近くに行ったら、えっと、声が聞こえたから……」

彼女の様子がおかしくなる前と言うと、ドアを閉めた直後に千羽耶がキスをしてきて、廊下で濃厚な口づけをしばらく交わし、その場で愛撫までしたときだろう。さすがに、本番は寝室に移動したものの、又従姉はそれなりに喘いでいた。

どうやら、爆乳若妻はドア越しに二人の声などを聞いていたらしい。彼女が同じ階に住んでいるのは知っていたのに、この可能性を失念していたのは、我ながら迂闊だった。

だが、元の関係を責めるなら分かるが、「パイズリをしたい」と言ってきたこととどうにも結びつかず、不可解に思えてならない。

裕児が首を傾げると、奈々子はさらに口を開いた。

「それで、あの、思い切って千羽耶さんに聞いたら……その、裕児さんのオチ×チンのことを、『すごく逞しい』って褒めていて……」

「……はぁ、それはどうも」

又従姉がペニスを褒めていた、という話に、裕児は嬉しいような恥ずかしいような複雑な思いを禁じ得ず、曖昧な返事をして頭を掻いていた。

「裕児さんもご存じのとおり、わたしも夫が出張でいなくて……えっと、わたし、こんな胸だからってわけじゃないんですけど、パイズリするのが大好きなんです。エッチな漫画とかでも、パイズリ奉仕のシーンで興奮しちゃって……ただ、夫にもしていたんですけど、その、彼のオチ×チンでは漫画とかみたいなことができなくて……これが現実なんだ、と思って諦めていたんです。だけど、裕児さんのオチ×チンは小柄な身体からは想像がつかないくらい大きくてすごい、由紀さんも夢中になるほどだ、と千羽耶さんに聞かされて、好奇心が湧いてきてしまって……」

(ちー姉ちゃん、自分のことだけじゃなく、僕と由紀さんのことまで奈々子さんに話しちゃったんだ)

裕児は千羽耶には、隠しごとをしていたくなくて、八歳上の若妻との関係について詳細を話していた。ちなみに由紀のほうからも、又従姉との関係について具体的に言われてはいないが、察しているようなことは示唆されている。

もっとも、その割に彼女たちは練習中に親しげに会話していた。それどころか、以前より仲良くなったようにも見える。

ともあれ、これでようやく彼女が裕児と千羽耶の関係を知りながら、パイズリを求めてきた謎が解けた気もしていた。

(つまり、奈々子さんは旦那さんのチ×ポでは理想のパイズリができなくて、密かに不満を溜めていたんだな。それに加えて、今は旦那さんが出張でいないから、さらにフラストレーションが増していたってところか?)

そんなときに、千羽耶から裕児のペニスについて聞かされれば、パイズリ好きな女性が興味を持つのは当然の流れかもしれない。

ましてや、見るからに性経験が豊富そうな由紀まで夢中になったと言うのだ。好奇心が抑えられなくなったのも、仕方がないだろう。

「でも、自分からパイズリをしたいなんて言い出せなくて、ずっと悶々としていたんです。さっき、千羽耶さんに背中を押されて、やっと……その、どうでしょう?」

と、長椅子に座ったままの新妻が、上目遣いに見つめてくる。

(由紀さんとだけじゃなく、奈々子さんとまで……パイズリだけだとしても、本当にしてもらっていいのか？）

　さすがに、裕児は躊躇せずにはいられなかった。

　元モデルで八歳上の若妻の件は、初めてだったので仕方がないと割り切れる。だが、憧れの又従姉と関係を持ったあとに他の女性と性行為をするというのは、思い人への裏切り行為のように思えてならなかった。

（だけど、僕をここに案内したのは、他ならぬちー姉ちゃんなんだよなぁ）

　おまけに、千羽耶は裕児のペニスについて奈々子に話しており、彼女がこちらを避ける理由も知っている、と言っていた。つまり、この爆乳若妻がこういうリクエストをすると分かった上で、裕児を連れてきたはずである。

　そうであれば、むしろ爆乳若妻の望みを拒むほうが、千羽耶の信頼を裏切ることになるのではないだろうか？

　それに、立てば自分よりも七センチ背の高い女性から、飼い主に捨てられそうな子犬のような不安そうな目を向けられると、さすがに拒絶するのは難しかった。

　何より、考えてみるとパイズリは、又従姉はもちろん由紀にもしてもらったことがないのだ。その未知の行為に対する好奇心があるのは、紛れもない事実である。たとえ本番なしだとしても、充分に興奮できるだろう。

「わ、分かりました。じゃあ、お願いします」

自身の欲望に負けた裕児は、そう言って頭を下げた。

すると、奈々子が「はいっ」と嬉しそうに応じた。パイズリできるのが、よほど嬉しいらしい。

(奈々子さんが満足してくれるんだったら、その望みを叶えてあげるのも監督の役割ってもんじゃないか?)

心の中でそんな言い訳をしながら、裕児は初パイズリへの期待で昂りを抑えられずにいた。

5

「んっ……んぐ、んぐ……」

女子更衣室の奥にいくつか並んでいるシャワーブースの、最も奥まったところにある一つから、奈々子のくぐもった声が聞こえてくる。

今、シャワーブース内では壁に寄りかかった素っ裸の裕児の足下に、同じく全裸になった爆乳若妻が跪き、ペニスを咥え込んでストロークを行なっていた。

この体育館のシャワーブースは、前面がカーテンになっているタイプで、一室の床面積は半畳程度しかない。そのため、正常位など床に横たわるプレイは無理だが、口内奉仕やパイズリくらいならば充分に可能だ。

カーテンにはそこそこ厚みがあるので、中が透けて見えることもない。下がやや空いているので、そこから覗き込まれればブース内に二人いるのがバレるだろうが、わざわざそんなことをする人間はいまい。

ちなみに、いくら奈々子がパイズリ好きと言っても、さすがにいきなり爆乳に一物を挟み込むことはせず、まずは口での奉仕をし始めた。これは、唾液を陰茎にまぶして潤滑油にするのと同時に、自身の気持ちを昂ぶらせるためするそうだ。

（くうっ。フェラも気持ちよくて……）

おそらく、パイズリのときは必ずこの手順なのだろう、口内奉仕の巧みさは由紀ほどではないが、千羽耶よりは慣れている印象を受ける。

裕児は、なんとか歯を食いしばって声を出すのを懸命に我慢しながら、分身からもたらされる気持ちよさに酔いしれていた。

もちろん、今は他に人がいないのだから、声を出しても大丈夫なのかもしれない。それでも体育館の、しかも女子更衣室という場所を意識すると、どうしてもはばかられてしまう。

裕児がそんなことを思っていると、爆乳若妻が「ぷはっ」と声を漏らして、口から肉棒を出した。

温かな感触と心地よい刺激がなくなり、心の中に無念さが自然に込み上げてくる。

（だけど、今回はフェラが目的じゃないからな……）

そう思いながら、何も言わずに足下の女性を見つめる。

すると、ちょうど四歳上の新妻が上気した顔を上げて、視線が絡み合う。

彼女は、はにかんだような笑みを浮かべると、上体を起こして大きなバストに手を添えて一物に近づけた。

裕児のほうは、その光景を目を大きくして見守るしかない。

間もなく、いきり立った分身が深い谷間に入り込んだ。そして、谷間の底に到達すると、奈々子が手で胸を寄せて肉茎をスッポリと挟み込む。

豊満な乳房に分身を包まれた途端、得も言われぬ心地よさが竿から脳まで一気に貫き、裕児は「ふあっ」と声を漏らしていた。

（奈々子さんのオッパイ、柔らかくて温かいのがチ×ポから伝わってきて……こうされただけで、すごく気持ちいい！）

そんなことを思いながら下を向くと、爆乳若妻が潤んだ目をこちらに向けていて、再び視線が絡み合う。

すると、奈々子が今度は恥ずかしそうに視線を外し、それから大きく息を吐くと手で乳房を上下に動かし始めた。

「んっ、んっ、んふっ……」

「くうっ！　ほあっ、こ、これっ……くはあっ！」

ふくらみの谷間でしごかれた瞬間、鮮烈な性電気が発生して、裕児は我慢しきれずに声をこぼしていた。

（こ、これがパイズリ！　すごく気持ちいいぞ！）

パイズリ自体は、アダルト動画やエロ漫画などで目にしており、されるのを妄想していたこともある。

しかし、乳房の内側に挟まれたモノからもたらされる快感は、想像を遥かに超えていた。とにかく、肉棒を包むその感触は、手や口はもちろん膣とも異なり、こうして動かされると今まで味わったことのない心地よさが生じるのだ。

また、事前にフェラチオで竿にしっかり潤滑油がまぶされているため、彼女の動きはスムーズそのものである。

するると、奈々子が乳房を交互に動かしだした。

「はうっ！　それっ、すごっ……！」

二つあるバストに挟まれているからこその行為によって、鮮烈な快電流がペニスからもたらされ、裕児はまたしても我ながら情けない声をあげていた。

両方の胸を一緒に動かされるだけでも充分に気持ちよかったが、これはまた異質な心地よさに思えてならない。

「んっ、ふっ……裕児さんのオチ×チン、んふっ、本当につ、んはっ、すごいですぅ。ふあっ、こうしてもっ、んんっ、先っぽがっ、んんっ、オッパイからっ、ふはっ、出てぇ」

手で乳房を動かしながら、奈々子がそんなことを独りごちるように言う。

「奈々子さんのオッパイも、すごく気持ちいいです」

裕児は、彼女の言葉にそう応じていた。

パイズリは初めてだが、この気持ちよさはフェラチオやセックスとは異なるものだと言っていい。これを今まで知らなかったことが、なんとも勿体なく思えてならなかった。

もっとも、ここまでスッポリとペニスを包まれる感覚は、奈々子の爆乳だからこそ味わえるものだろう。千羽耶や由紀のバストでも、パイズリ自体はできるはずだが、これほど余裕をもって裕児のモノを挟み込めるかは分からない。

そんなことを思いながら、裕児は初めてのパイズリでもたらされる快感に酔いしれていた。

すると、不意に奈々子が手の動きを止めた。

怪訝に思った裕児が視線を下ろすと、彼女は覚悟を決めるように「はぁー」と大きく息をついたところである。そして、手に力を入れ直すと、膝のクッションを使って大きな動きで肉棒をしごきだす。

「んっ、んはっ、んんっ、んふっ……」

「ふおおっ！　くっ……すごっ……ううっ！」

爆乳若妻の動きに合わせて、より大きな快感が一物から発生して、裕児は呻き声をシャワーブースに響かせていた。

まさか、今までよりもう一段上の心地よさがあるとは思いもよらなかったため、声を抑えられなかったのである。

（くうっ！　確かに、こういうパイズリは見たことがあるけど……こ、こんなに気持ちいいものなのか！）

分身を大きく強くしごかれるたびに、強い性電気が脊髄から脳天に向かって走り抜ける。

ただ、その心地よさはペニスそのものからもたらされる刺激だけでなかった。「美女が肉棒を大きなバストで挟んで身体を動かしている」という視覚的な効果が、いっそうの快感を生みだしている気がしてならない。

だが、裕児は自分の感想がまだ甘かったことを、すぐに思い知る羽目になった。

「んっ、レロ……んふっ、チロ……」

奈々子が、身体を揺するように動かしながら、口元まで迫った亀頭に舌を這わせだしたのである。

「ふほおっ！　おあっ、それはっ……はううっ！」

パイズリフェラでもたらされた鮮烈な刺激に、裕児はまたしても上擦った声をシャワーブースに響かせていた。もしも、女子更衣室に誰かいたら、今の声は確実に聞かれていただろう。

そのあまりの快感に、危うく膝が砕けそうになったものの、それはどうにか堪える。しかし、壁に寄りかかっていなかったら、その場に崩れ落ちていたかもしれない。

「んっ、ペロ……すごぉい。んはっ、こんなこと、レロ、夫のじゃ、んっ、できないからぁ。チロロ……」

パイズリフェラをしながら、奈々子がそんなことを口にする。

もちろん、身体を上下に大きく動かしていれば、まったくできないということはないだろう。しかし、勃起した陰茎に充分な長さがなければ、満足のいく行為にならないのも当然と言える。

どうやら、彼女は今まで夫相手ではできなかった行為を、裕児のペニスでとことんするつもりらしい。

「んっ、レロ……はあっ、ンロ……」

爆乳若妻は、熱心に身体を動かしながら、亀頭の先端に舌を這わせ続けた。もはや、自らの行ないにすっかり熱中して、他のことなど目に入らない様子である。

（くううっ！　これは、またよすぎて……）

裕児も、もたらされる心地よさにいつしか酔いしれていた。

もちろん、フェラチオやセックスも気持ちいいし、パイズリもよかった。しかし、パイズリフェラで生じる二重の快感は、それらとはまた異質のものである。

しかも、溢れ出してきた先走り汁を、奈々子に逐次舐め取られているのだ。

「ああっ、奈々子さんっ！　僕、もう……」

限界の予感に、裕児はそう口走っていた。

「んっ、出してくださぁい。んはっ、このままっ、んんっ、わたしの顔にぃ。んっ、んはっ、レロロ……」

爆乳若妻が、いったん口を離して応じ、それから舌の刺激を強める。

見知った人妻に、顔に白濁液をぶっかけて欲しいと乞われ、裕児の昂りは頂点に達する。

「くううっ！　もう……出る！」

と訴えるなり、限界を迎えた裕児は、彼女の顔面をめがけて大量の精液を発射していた。

「ふはあっ！　いっぱい出てぇ！　んはあああああっ！」

白濁のシャワーを顔面に浴びた瞬間、奈々子も甲高い声をあげて身体を小刻みに震わせた。その様子から見て、彼女も軽く達したのは間違いあるまい。

顔にかかった精が、ボタボタと胸にも垂れる。その光景が、なんとも淫靡に見えてならない。

（ああ……奈々子さん、すごくエッチで……）

裕児は、射精の心地よさに浸りながらも、恍惚とした表情でスペルマを顔で受け続ける爆乳若妻の姿に、新たな欲望を感じずにはいられなかった。

6

「ふはああ……パイズリフェラだけで、イッちゃったぁ……こんなの、初めてぇ」

精の放出が終わると、ペニスを胸の谷間から解放した奈々子が、床にペタン座りをして放心した様子で独りごちるように言った。

どうやら、この行為で軽くとはいえ絶頂を迎えたのは、彼女も初体験だったらしい。

股間部分を見ると、床に水たまりができている。まだシャワーを出していないので、それが爆乳若妻の秘部から溢れ出たものなのは間違いない。

そんなことを思っていると、奈々子が内股をモジモジと擦り合わせて、なお勃起を維持している一物を見つめながら口を開いた。

「ああ、まだそんなに元気でぇ……わたし、駄目なのに、いけないって分かっているのに……もう我慢できないぃぃぃ」

そう言うと、彼女はフラフラと立ち上がった。そして、顔に精をつけたまま後ろを向き、裕児と反対のブースの壁に手をつき、ヒップを突き出す。

「裕児さぁん、お願いしますぅ。その逞しいオチ×チン、わたしにくださぁい」

濡れた目を向けながら、爆乳若妻が艶めかしい声で訴えてきた。

案の定と言うべきか、完全に性欲に火がついて、夫以外のペニスを受け入れる罪悪感よりも、セックスを望む欲望を抑えきれなくなってしまったらしい。

おそらく、パイズリやパイズリフェラという行為そのものの興奮もさることながら、練習のあとで血行がよくなっていたことが、彼女の性感を高めていたのだろう。

もっとも、裕児のほうも一発出したとはいえ、これで終わりではフラストレーションを溜めるところだった。したがって、この求めは渡りに船と言ってもいい。

「それじゃあ……」

と、裕児は若妻に近づき、片手で腰を掴んだ。そして、もう片方の手でペニスを握って一物を秘裂にあてがう。

それだけで、奈々子の口から「ああ……」と期待に満ちた吐息がこぼれ出る。

八頭身の由紀と立ちバックをしたときは、腰の高さが合わなくて足を広げてもらった。だが、彼女より数センチ背が低く手足の長さも一般的なこの若妻ならば、位置を調整してもらわなくても、なんとか問題なくできそうである。

裕児は、そのまま挿入を開始した。

「んああぁっ！　は、入ってきましたぁ！」

肉棒の進入と同時に、奈々子が歓喜の声をあげる。

「奈々子さん？　もうちょっと、声を我慢してください」

「あっ、そうでしたぁ。ごめんなさい。でも、気持ちよすぎてぇ」

動きを止めて裕児が注意すると、彼女が言い訳を口にしてから唇を噛む。

それを確認してから、裕児は挿入を再開した。

「んんんっ！　んっ、んむううううっ！」

一物が進んでいくと、それに合わせて奈々子がくぐもった声をこぼす。

そうして、とうとうペニスが女性の中に根元まで入り、ヒップと下腹部が当たって
それ以上は動けなくなった。

「ふはあ……ああ、入ってるぅ。夫のより、太くて長い……奥まで届いちゃっていますぅ」

と、壁に手をついたままの爆乳若妻が、独りごちるように口にする。

（これが、奈々子さんのオマ×コ……由紀さんやちー姉ちゃんと違って、ちょっとキツくて締めつけが強いな）

分身から伝わってくる感触に浸りながら、裕児はそんな感想を抱いていた。

もっとも、三者三様の魅力があるので、優劣をつけられるものではないのだが。

「じゃあ、動くから声を我慢してくださいね？」

ひとしきり膣肉の感触を堪能してから、裕児はそう声をかけて両手で彼女のウエストを摑んだ。そして、やや小さめの抽送を開始する。

「んあっ！　んっ、んんっ、んっ、んっ……」

こちらの指示どおり、奈々子はなんとか声を嚙み殺していた。

だが、そのせいか、ただでさえきつめの彼女の膣がより締まり、中がしっかり濡れているのにピストン運動のたびに一物が強く擦られて、快感が脊髄を伝って脳に流れ込んでくる。

（くうっ。気持ちいいけど……これは、音がかなり響くな）

腰を動かしながら、裕児は行為によって生じる問題に気付いていた。

シャワーブースの構造の問題なのか、結合部からのヌチュヌチュ音と、下腹部とヒップがぶつかるパンパンという音が反響して、意外なくらい大きく聞こえる。自分がブース内にいるための錯覚、という可能性もあるものの、もしかしたら更衣室まで音が届いているかもしれない。

そんな不安が湧いてくると、思い切って動きづらくなる。

（なんとか、音を抑える方法は……あっ、そうだ！）

いい方法が閃いて、裕児はいったん腰の動きを止めた。

「あんっ。どうしたんですかぁ？」

と、奈々子が不満げに口を開く。彼女は快感に浸っていて、音のことに気付いていなかったらしい。

「音がかなり響いていたんで、シャワーを出しますね？」

そう声をかけて、裕児はレバーを捻（ひね）った。

すると、お湯が出てきて結合部付近にかかり、ジャーッという新たな音が発生する。

「それじゃあ、また動きます」

と言って、裕児は抽送を再開した。

「んはっ、あんっ、んっ、んっ、んむうっ……！」

たちまち、爆乳若妻がくぐもった喘ぎ声を再びこぼしだす。

（よし。狙いどおり、エッチの音がかき消されているぞ。それに、奈々子さんの声も、この程度ならシャワーの音で目立たなくなっているし、これなら更衣室までは聞こえないだろう）

身体に、ずっとお湯が当たっているのがいささか気にはなるものの、こればかりはやむを得まい。

そんなことを思いながら、裕児は腰の動きをやや大きくした。

「んっ、んっ、あっ、んむっ、んっ、ふあっ、んんっ……！」

ピストン運動に合わせて、奈々子が甲高い声をやや抑えきれずに漏らす。

だが、大きな胸をタプタプ揺らしながら快感を堪えている美女の姿は、なんとも牡の興奮を煽ってやまない。

そのため裕児は、彼女のウエストから手を離し、両方の爆乳を鷲掴みにした。

途端に、若妻の口から「ふやんっ」と素っ頓狂な、しかし可愛らしい声がこぼれ出る。

(うおっ。奈々子さんのオッパイの手触り、やっぱりすごいな。僕の手にも収まらなくて、しかもすごく柔らかい)

千羽耶はもちろん、由紀よりもさらに大きな乳房の触り心地に、裕児は内心で感嘆の声をあげていた。

爆乳なのは分かっていたことだが、実際に手で鷲掴みにすると大きさや柔らかさ、それに弾力もはっきりと伝わってくる。

裕児の手も、決して小さいわけではなく、おそらく男性の平均程度のサイズはあるだろう。そのため、又従姉はもちろん八歳上の美女の豊満な乳房も、完全にではないがしっかりと摑めた。だが、奈々子の胸に関しては手から溢れている。これだけでも、驚くに値する。

それに、なんと言っても少し力を入れるだけでズブリと指が沈み込んでいく感触は、由紀でもここまでではなかった。

ペニスでは感じていたものの、やはりこうして手で触れると乳房の個人差がはっきりと分かって、昂りがいっそう増す。

裕児は興奮を覚えながら、爆乳を揉みしだきつつ抽送を再開した。

「んあっ、オッパイッ、あんっ、オマ×コッ、ふはっ、同時にぃ！　あんっ、こんなっ、はうっ、されたらぁ！　んはっ、わたしっ、あんっ、変にっ、ああっ、なっちゃいますぅ！」

と、甘い声をこぼしながらも、奈々子は抵抗する素振りも見せず、こちらの行為を受け入れている。

「奈々子さん、声」

「んあっ、こんなにっ、あんっ、されたらっ、んんっ、我慢できないっ……んんっ、はうっ、んんんっ……！」

裕児の注意に対して、文句を言った爆乳若妻だったが、なんとか懸命に口を閉じた。

そのため、膣肉がいっそう締まりを増す。

（くうっ。奈々子さんのオッパイもオマ×コも、すごく気持ちいい！）

彼女の様子に興奮して、裕児がさらに腰を動かそうとしたとき、更衣室のドアが開く音がした。

続いて、女性同士の話し声が聞こえてくる。

そのため、裕児は慌てて抽送を止めた。

奈々子のほうも、息を呑んで口をつぐんでいる。

「はぁ。さすがに、着替えだけでここまで来るのは、ちょっと面倒ね？」

「仕方ないわよ。今、あっちの更衣室は使えないんだし。卓球場が、まだ使えるだけでもありがたいと思わなきゃ」

そんな二人のやり取りが、更衣室から聞こえてくる。

彼女たちは、着替えをしながらさらに話を続けていた。

どうやら、二人は近くの学校の卓球部員で、部活後に自主練習をしに来たらしい。

本来、卓球場や剣道場などで使う更衣室は、そちらに近い場所にある。ところがつい先日、水道管にトラブルが起きたそうで、体育館の改修工事が本格化するより一足先に閉鎖されてしまったのである。もっとも、大きな大会でもない限り、更衣室はどちらか片方が使えれば影響も小さいのだが。

ただ、今はあまりにも間が悪いと言わざるを得ない。

女子校生のやり取りを聞きながら、裕児と奈々子はシャワーを出したまま動きを止めて息を殺していた。

（くうっ。し、しかし、こうしているとオマ×コの感触がすごくよく分かって……）

ドキドキしながら息を潜める裕児は、一物からもたらされる予想外の心地よさに戸惑っていた。

動きを止めたことで、分身に伝わってくる膣肉の蠢きが、はっきりと感じられるようになったのである。また、その締めつけは明らかに先ほどまでより強まっていた。

加えて、手で摑んだままの爆乳の感触もある。揉みしだかないように気をつけているものの、中途半端に指がふくらみに沈み込んだ状態なので、手の平全体から柔らかな手触りが伝わってくるのだ。

そのせいで、こうしているだけで自然に興奮が高まってしまう。

もっとも、それは奈々子も同様なようだった。

「んっ……はあ、んんっ……」

彼女は、声を出すのを我慢しながらも、熱い吐息をこぼしていた。

その顔はすっかり紅潮し、それどころか身体全体が熱を帯びて赤みを増している。膣肉の締めつけが強まっていることも踏まえると、四歳上の爆乳新妻もこの状況にかなり興奮を覚えているのは間違いあるまい。

ここで乳房を揉んだり、腰を動かしたりしたらどうなるのか、という好奇心もあったが、裕児はその欲求をなんとか抑え込んだ。

もしも、こんな現場を他人に見つかったらただでは済まないことは、容易に想像がつく。裕児と奈々子という個人はもちろんだが、監督とメンバーの体育館での情事など発覚したら、「ほほえみ」は即出入り禁止にされてしまうかもしれない。

試合の前に、自分のせいでチームを潰（つぶ）すなんて、洒落にならない。

そんなことを考えていると、更衣室にいた二人の声が遠ざかり、ドアの開閉音が聞こえてきた。そうして、室内は無音になり、シャワーの音だけがあたりに響く。

「ふぅ。バレずに済みましたね？」

「え、ええ……んあ、あの……わたし、もう……早く動いてください。これ以上は、おかしくなりそうでぇ」

安堵の吐息を漏らした裕児に対して、奈々子がなんとも切なそうに訴えてきた。

どうやら、彼女も我慢の限界だったようである。

そこで裕児は、乳房を揉みしだきながら抽送を再開した。

「んあっ！　あんっ、いいっ！　はあっ、これぇ！　あっ、あんっ……！」

たちまち、爆乳若妻が甲高い悦びの声を張りあげだす。

「ちょ、ちょっと。さすがに、声が大きいですって」

裕児は、慌てて動きを止めて注意していた。

今の声は、シャワーでも打ち消せるものではない。あんな大声を出していたら、人が更衣室に入ってくる前に聞こえてしまうかもしれない。

「ああ、だってぇ。気持ちよすぎて、我慢できなかったんですぅ」

と、奈々子が不満げに言う。

しかし、このまま続けていると、彼女はもっと大きい声を出してしまいそうだ。

そのため、裕児はいったんバストから手を離し、さらに腰を引いて一物を抜いた。

「あんっ、どうしてですかぁ？」

四歳上の若妻が、そんな疑問の声をあげる。

「奈々子さん、こっちを向いてください」

そう指示を出すと、彼女もこちらの意図をすぐに理解したらしく、素直に身体を反転させて、壁に寄りかかってくれる。

裕児は、手で固定されたシャワーのお湯の向きを変えると、その美貌に付着したままの白濁液を洗い流した。奈々子のほうも、目を閉じて黙ってこちらの行為を受け入れる。

そうして、彼女の顔を簡単に洗うと、裕児はその片足を持ち上げて、開いた股間に一物をあてがった。

すると、爆乳若妻が首に手を回してくる。これで、身体の支えは大丈夫だろう。

そう判断して、裕児は自分の分身の進入を開始した。

「んはあっ！　また入ってきましたぁ！」

挿入と同時に、奈々子が悦びの声をあげて肉茎を迎え入れてくれる。

さらに進んで奥まで分身を入れ終えると、裕児は彼女の唇を自分の唇で塞いだ。ペニスに奉仕していた口だが、そのことは不思議とあまり気にならない。

爆乳若妻のほうも、こちらの狙いをしっかり察して、首に回した腕に力を込め、身体を密着させる。

すると、大きな乳房が胸に押しつけられた。

それだけでも、得も言われぬ心地よさがもたらされる気がする。

その感触に酔いしれながらも、裕児は抽送を開始した。
「んんっ！　んっ、んっ、むうっ……んんんっ、んっ、んっ……！」
動きに合わせて、奈々子がくぐもった声をこぼしだす。しかし、この程度であれば
シャワーの音で充分にかき消せるだろう。
裕児は、片足上げ対面立位のままピストン運動を続けた。
間もなく、膣肉の収縮が激しくなり、肉棒への刺激が増してきた。
「んんっ！　んんっ、んむむっ、んっ、んっ……！」
爆乳若妻のくぐもった声も、先ほどまでより切羽詰まったものになっている。彼女
が絶頂に達しそうなのは、もはや間違いあるまい。
もっとも、裕児のほうもそろそろ我慢の限界が近づいていた。
（くうっ……ど、どうする？　中に出しちゃっていいのかな？　いや、だけどさすが
にそれは……）
というためらいが、心の中に湧き上がる。
結婚から数年経っている由紀や千羽耶への中出しにも、抵抗があったのだ。奈々子
の場合は、まだ結婚一年未満の新婚である。そんな相手と本番をしているだけでも罪
悪感があるのに、中出しまでするというのは、抵抗を感じて当然ではないだろうか？

しかし、爆乳若妻は腕の力を緩めず、それどころかいっそう力を込めて、身体をしっかりと密着させてきていた。彼女が、自身とこちらの限界を察していないはずはないので、何を望んでいるのかは言葉がなくても伝わってくる。

(ええい！　奈々子さんが求めているんだったら、このまますするしかないや！)

そう割り切った裕児は、若干の動きにくさを感じながらも、自分より七センチ高い人妻を突き上げ続けた。

(ううっ。さすがにもう……出る！)

何度目かの突き上げをした瞬間、裕児は限界を迎えた。思い切り奥まで腰を押し込み、出来たてのスペルマを彼女の中に注ぎ込む。

「んんんんんんんんっ!!」

唇を重ねたまま、奈々子がくぐもった声を漏らして身体を強張らせる。

同時に結合部が熱くなり、精液以外の温かな液が溢れてきた。それが潮吹きであろうことは、なんとなく想像がつく。

射精が終わると、爆乳若妻の全身から力が抜けた。

そこで、ようやく唇を離して一物を抜くと、彼女はその場にへたり込んでしまう。

「んはあぁ……すごかったですぅ。ふはあ、こんなに感じてぇ……んふう、あんなにイッたのも、ミルクでお腹いっぱいになったのも、生まれて初めてぇ……」

陶酔した表情を浮かべながら、奈々子がそんなことを口にするのを、裕児は射精の余韻に浸りながら黙って見つめていた。

第四章　大きな美女に囲まれて

1

火曜日の午後、今日も裕児はいつものように「ほほえみ」の練習に付き合っていた。

まずは、準備運動とミーティングをして、それから課題の修正を含めた個人練習に入り、各人の実力の底上げを図っていく。

本来であれば、フォーメーションの練習などもさせたかったが、彼女たちの現在の実力はそれ以前の問題である。したがって、セッターとアタッカーの連携以外は個々のレベルアップを優先するのが、限られた時間の中では効果的なのだ。

とはいえ、初めの頃に比べれば、全員が格段に上達しているのも間違いなかった。

なんでも、少しでも早く上手くなろうと練習日以外に自主練習をするなど、誰もが頑張っているらしい。

それだけ、彼女たちの「ほほえみ」を守りたい、という気持ちが強いのだ。

(僕も、その手伝いを全力でしよう)

改めてそう誓いながら、裕児はまず二面あるコートの一面で練習している千羽耶と由紀と明里のアタッカー陣、それにセッターの中原沙織の指導をした。

それから、次に守備陣の指導をしようと、もう一面で練習しているリベロの茅野あずみ、ブロッカーの堀江麻衣、それに奈々子と井口寿子のほうに目をやる。

すると、ちょうど爆乳若妻がブロックのジャンプの練習をしていた。

ただ、その動きは土曜日までとは見違えるようで、飛ぶ位置はもちろん高さも段違いに良くなっている。どこか自信なさげな感じがなくなったことで、動きに切れや思い切りが出ているのは傍目(はため)からもよく分かる。

もちろん、単純な実力で言えば、奈々子はまだ本格的な試合に出して活躍できるレベルとは言い難い。だが、当座の相手は九人制バレーが本職の面々である。したがって、もう少し鍛えれば彼女でも対応できるだろう。

(し、しかし……動きがよくなると、やっぱりオッパイがすごく揺れるなぁ)

そんなことを思って、裕児はついつい大きなバストの動きに見入っていた。

何しろ、手からこぼれ出るボリュームの爆乳である。関係を持つ前から、大きさや揺れをずっと意識していたが、生の手触りまで知った今は、ますます目が離せなくなってしまう。

女子更衣室のシャワールームで、あの大きなふくらみに一物を包まれ、さらに両手で揉みしだいて、最後にはシャワーの音で誤魔化しながら彼女を貫いて喘がせ、共に絶頂に達した。

そのことを思い出すと、自然に股間のモノが硬くなってくる。

（ああっ、駄目だ！　落ち着け、僕）

そう考えて、裕児はなんとか深呼吸をして気持ちを鎮めた。

（はぁ、それにしても、由紀さんやちー姉ちゃんともエッチしちゃってるし、奈々子さんとまで……僕は、本当にどうしたらいいんだ？）

今さらながら、そんな思いが湧いてくるのを抑えられない。

行為のあとの夜、千羽耶から電話が来たので、何があったか正直に話したところ、「まぁ、そうなるとは思っていたけど」と少し呆れたように言われた。しかし、彼女はそれ以上は何も言わず、こうして練習で顔を合わせても裕児を避けたり、逆に過剰に近寄ってきたりといったことをしてこなかった。

（ちー姉ちゃん、本心では僕のことをどう思って……って、今はそんなことを考えているときじゃない。練習中なんだから、指導に集中しなきゃ）

と、なんとか気持ちを切り替えて、奈々子たちのほうに向かう。

すると、こちらに気付いた奈々子が、ブロックのジャンプ練習をやめた。

「あっ、監督！　わたしのジャンプ、どうでしたか？」

そう言いながら、爆乳を揺らして若妻が駆け寄ってくる。

だが、裕児が口を開こうとする前に、彼女は何もないところでいきなりつんのめって、「きゃっ」と声をあげた。そして、バランスを崩して倒れそうになる。

「あっ、危ない！」

反射的に叫んだ裕児は、急いで駆け寄って奈々子の身体を支えようとした。

しかし、前のめりに倒れてきた背の大きな相手を、こちらも不充分な体勢で支えるのはなかなか難しい。

「うわっ！」「きゃっ！」

二人の声が重なり、裕児の眼前が弾力のあるものに覆われる。

（こ、これはオッパイ!?）

そう思った瞬間、後頭部に激痛が走った。

目の前に火花が散り、一瞬だけ意識が遠のきそうになる。

自分が、奈々子の胸に顔を埋めて押し倒され、床に頭をぶつけたのは間違いないようだ。

しかし、後頭部の痛みは地獄だが、練習着とスポーツブラ越しながら弾力と柔らかさを伴ったふくらみに顔を埋めているのは、ある意味で天国と言える。

「ああっ、裕児さん！　じゃなくて、か、監督、大丈夫ですか!?」

慌てふためいた爆乳若妻が上からどいたおかげで、顔を覆っていた感触が消え去る。

練習中なのに「裕児さん」と呼んでしまったのは、それだけ彼女が焦っていた証拠だろう。

「イテテ……大丈夫です、奈……山口さん」

そう応じながら、裕児は後頭部を押さえて上体を起こした。危うく、こちらも「奈々子さん」と言いそうになったが、慌てて人前での呼び方に戻す。

「監督、すごい音がしたけど大丈夫？」

「裕児くん、平気だった？」

アタックの練習をしていた由紀と千羽耶、それに他のメンバーも心配そうに駆け寄ってくる。

「大丈夫です。ちー姉ちゃんと違って、気絶したわけじゃないし」

そう言って、立ち上がろうとする。だが、目から火花が散るほど後頭部をぶつけたせいか、さすがに身体がフラついてしまう。

それを、奈々子が横から支えてくれた。

「ああ、もう、フラついて。堀江さん、これは大丈夫なんですか？」

千羽耶が心配そうに、自分のときに適切なアドバイスをくれた、元看護師のブロッカーに問いかける。

「そうねぇ。ちゃんと意識はあるし、受け答えもしっかりしているから大丈夫だと思うけど、念のため少し医務室で休んだほうがいいかもしれないわね。あとで頭痛とか吐き気とかが起きるようだったら、すぐ病院に行くこと」

「じゃあ、わたしが医務室に連れて行きます。わたしのせいで、監督がこんなことになったんですから」

奈々子が、強い決意を感じさせる口調で言った。

実際、彼女が転びそうになったのが原因なので、責任を取って医務室に連れて行くことに異論を挟む人間はいない。

そうして、裕児は若妻に支えられて医務室へと向かった。だが……。

（な、奈々子さんのオッパイが身体に当たって……）

彼女の肩に片腕を回し、抱きかかえられるように支えられていると、当然の如く爆乳が身体に押しつけられる格好になる。しかも、つい今し方まで練習をして汗をかいていたため、上昇した体温と汗の匂いまではっきりと感じられるのだ。

おかげで、せっかく収まっていた昂りが甦ってきてしまう。

だが、奈々子のほうは裕児に痛い思いをさせた申し訳なさで頭がいっぱいなのか、こちらの興奮に気付いた様子はない。

そのまま廊下を進むと、間もなく「医務室」と書かれたプレートが見えてきた。

もっとも、「医務室」と言っても無人で、室内にはタオルが数枚入ったラックと、消毒薬や包帯や湿布薬が入っている小さな戸棚、それに壁際にスチールベッドが一床と小さな洗面台があるくらいである。ようするに、気分が悪くなったり怪我をした人間を一時的に寝かせる程度の場所なのだ。したがって、部屋は狭く、薬も事務局で戸棚の鍵を開けてもらわないと使えない。

医務室に入ると、奈々子は裕児をベッドに座らせてから身体を離した。

ただ、今は彼女のぬくもりと芳香、そしてバストの感触が離れたことが少し残念に思えてならない。

「それじゃあ、裕児さん。しばらく横になって、休んでいてください。わたしは、練習に……っ!?」

そう言いかけたとき、爆乳若妻が小さく息を呑んで言葉を切った。

彼女の視線は、裕児の股間に向いている。

そこは、ここまでの道のりで、ズボンの上からでも分かるくらい大きくなっていた。

「あっ、えっと、これは……」

言い訳をしようかと思ったが、言葉が出てこない。

奈々子は、心配して付き添ってくれたと言うのに、こちらは密着されて分身を大きくしていたのだ。そのことに気付かれたのは、いささかばつが悪い気がしてならない。

「……裕児さん、そんなに大きくして……あの、もしかして、わたしがくっついていたから？」

奈々子が、自信なさげに聞いてくる。

指摘のとおりなので、裕児は無言で頷く。

「えっと、その……あ、あの、わたしは……」

何やら、彼女は目を潤ませながら言葉を濁した。こちらに近づきたいのか、それとも離れたいのか、明らかに迷っていると分かる態度である。

昂りを抑えられなくなった裕児は、爆乳若妻の手を掴むと自分に抱き寄せた。そして、彼女の唇を奪う。

「んんんっ！　んんっ……んむう……」

くぐもった声を漏らした奈々子だったが、強引にキスをした割に抵抗の素振りを見せない。

そこで、口内に舌を入れると、彼女も自ら舌を絡みつけてきた。

「んっ。んじゅ、んむ、じゅぶる……」

音を立てながら舌を絡ませ合うと、それだけでますます興奮が煽られる。

また、これだけ密着すると、練習で上昇した体温や汗の匂いなどが、再びはっきりと感じられるようになる。

ひとしきりディープキスをしてから、裕児は唇を離した。

「ふはあっ。はぁ、はぁ……裕児さん、ちょっと強引ですぅ」

息を切らしながら、奈々子がそんなことを口にする。だが、彼女の目は潤み、頬も紅潮させていて、まったく怒っているようには見えない。

「奈々子さんだって、舌を絡ませてきたでしょう？」

「それは、その……実は、わたしもさっきからドキドキしていて……あの、また裕児さんとしたいって思っていたから……でも、今は練習の途中だし……」

なんとも恥ずかしそうに、爆乳若妻が打ち明ける。

なるほど、やはり彼女も本当は裕児と同じく発情していたらしい。しかし、練習中に抜けてきたため、欲望を優先するか否かという迷いがあって、あのような態度になったようである。

だが、舌を絡ませてきたということは、その心のバランスがどちらに傾いたのか、考えるまでもなく伝わってくる。

「それじゃあ、なるべく手っ取り早く、しちゃいましょうか？」

「えっ？　あの、手っ取り早くって？」

こちらの言葉に、奈々子が目を丸くして疑問の声をあげる。

そんな彼女に対して、裕児がその方法についてを囁くと、奈々子は顔を赤らめて目を見開いた。

2

「んっ、レロ……んっ、ピチャ……」

「レロ、レロ……チュバ、チュブ……」

狭い医務室に、二人のくぐもった声と、舐め合う音が響く。

今、素っ裸でベッドに寝そべった裕児の上に、同じく全裸の奈々子が反対を向いてまたがり、通常とは逆向きでパイズリフェラをしていた。

一方の裕児も、彼女の股間に舌を這わせている。

時間があまりないなら、お互いを愛撫し合えるシックスナインがいいだろう。

そう判断した裕児が、この行為を提案したとき、爆乳若妻は驚きの表情を見せたものの、自分の好きなパイズリができることもあり、少し考えて了承してくれた。そして、練習着や下着を汚すわけにいかないので、二人は早々に素っ裸になって行為を始めたのである。

「んんっ、チロロ……ふあっ、これぇ。あむっ。んんっ、ピチャ、ピチャ……」

奈々子が、手で爆乳を動かして竿を刺激しながら、亀頭を咥え込んで口内で舌も動かす。パイズリ好きの彼女も、シックスナインパイズリフェラは初めてだそうで、初体験の行為に熱がこもっている。

ただ、千羽耶くらいの身長があればまだしも、五センチほど低い爆乳若妻がこの体勢のパイズリをするのは少し辛そうだった。それでも頑張ってしている姿が、なんといた。

(それにしても、何度見ても奈々子さんのオッパイの存在感はすごいな)

秘裂から溢れる蜜を舐め取りながら、裕児は分身を挟んでいる双丘に思いを向けていた。

自身は、「とっても肩が凝る」と漏らしていたが、大きな乳房は由紀や千羽耶にはない彼女のアドバンテージと言える。その柔らかくも弾力に満ちたふくらみに分身を挟まれ、さらに先端を咥えられているという事実に、激しい興奮を禁じ得ない。

「ふはっ。やっぱり、裕児さんのオチ×チンはすごいです。こんなこと、ウチの人のじゃ絶対にできないからぁ」

そう口にしてから、奈々子が亀頭を咥え直して行為を再開する。

(ああ……こうしていると、なんだか全身で奈々子さんを感じているって気がするよ)

そんなことを思うだけで、秘部を舐める行為に自然といっそうの熱がこもってしまう。

「んっ、ジュル……んむっ、レロ、レロ……んんっ……」

爆乳若妻も、くぐもった声を漏らしながら熱心な奉仕を続ける。

（くうっ。さすがに、そろそろ……だけど、僕だけ先にイカされるのは、なんか悔しいな。だったら……）

パイズリフェラで射精感を覚えた裕児は、そんな思いを抱いて秘裂を指で割り開いた。そして、シェルピンクの媚肉に舌を這わせだす。

「ピチャ、ピチャ、レロロ……」

「んんんっ！　んっ、むじゅっ、んんっ、ンロロ……んんっ……」

亀頭を口に含んだ奈々子がくぐもった声を漏らし、その動きが大きく乱れた。さすがに、かなり感じたらしい。

秘部から溢れる蜜の量も一気に増え、心なしか粘度も増してきた気がする。

「ふはっ。奈々子さん、僕もうイキそうなんで……一緒にイキましょう」

裕児がそう声をかけると、爆乳若妻が亀頭を咥えたまま「んっ」と小さく首を縦に振った。そして、手に力を込めて谷間に挟んだ肉棒への刺激を強める。

そこで、裕児は秘裂の内側でプックリと存在感を増してきた肉豆に狙いを定め、そこに舌先を這わせだした。

「んんーっ！　んっ、んっ、んむっ！　んじゅっ……んんんっ！」

亀頭を咥えた奈々子がくぐもった声を漏らし、その手と舌の動きが大きく乱れる。

しかし、それが逆に一物に新たな刺激をもたらす。

（あうっ！　も、もう限界だ！）

そう思って、裕児はクリトリスを舌先で強く押し込んだ。

「んむううううぅぅぅぅぅ!!」

途端に、爆乳若妻がくぐもった悲鳴をあげて全身を強張らせた。同時に、手の力が強まり、バストがいっそう陰茎に押しつけられる。

そこで本当に限界を突破した裕児は、彼女の口内にスペルマを放った。

「んむむっ！　んっ、んんっ……」

奈々子は声をこぼしながらも、白濁液をしっかりと受け止めてくれる。

同時に、蜜が大量に出てきたため、裕児は余韻に浸る間もなく、ズズッと音を立てながらそれを可能な限り吸い取った。

そうして射精が終わると、彼女は亀頭を口から出し、手も離して陰茎全体を解放してから上体を起こした。

「んん……んむ、んむ……」

上からどいた奈々子が、すぐに口内を満たした白濁液を喉（のど）に流し込みだす。

（精飲って、何度見ても信じられないよなぁ。アソコから出た精液を飲んでくれるな

んて）

ついそんなことを思いながら、裕児は口の中の精を処理する美女に見とれていた。

「んっ……んむ……ふはあっ。裕児さんの濃いミルク、お口いっぱいに出てぇ。夫とは比べものにならないくらい、濃くて量も多いの……前で分かっていたつもりでしたけど、本当にすごいですぅ。それに、わたしもすぐにイカされてぇ……夫としていても、こんなに感じたことないのにぃ」

しばらくして、精を処理し終えた爆乳若妻が、恍惚とした表情を浮かべてそんなことを口にした。

聞いた話によると、奈々子は小学生の頃から周囲より身長が高く、小学四年生で今の裕児と同じ百六十五センチあったらしい。もちろん、肉体的にも早熟だったため、クラスの男子から色々からかわれて心が傷つき、男性嫌いになりかけたそうだ。

そんな彼女を救ったのが、物心つく前からの幼馴染みである、今の夫の存在だった。

そのような経緯もあり、二人は思春期に入ると自然に恋仲になった。そして、実際に結婚するまでやや時間はかかったものの、数ヶ月前にようやく念願叶ってゴールインした、とのことである。

こうして、奈々子はエロ漫画などで自習はしていたものの、夫以外の異性に、ほぼまったくと言っていいほど興味を示さずに過ごしてきたのだった。

しかし、彼のことは愛しているものの、セックスで満足するのは精神的な面だけで、肉体的にはずっと物足りなさを覚えていた。それが、裕児とのセックスで初めて満たされた気がする、と爆乳若妻は前回の行為のあと、恥ずかしそうに教えてくれたのである。

今の言葉からも、その彼女の告白が真実だったと分かる。

「はぁ、裕児さんのオチ×チン、まだとっても元気ぃ。わたしも、もう準備できていますし、すぐにしても大丈夫そうですねぇ？」

一物を見つめてそう言うと、奈々子が腰にまたがってきた。

実際、精を飲み終えた彼女の姿がなんとも艶やかで、おかげで肉棒の硬度はいささかも衰えを見せていない。

「裕児さんは、頭をぶつけているから動かないで。今日は、わたしに全部任せてくださいねぇ」

と、艶やかな笑みを浮かべた爆乳若妻は、裕児の腰にまたがるとペニスを握った。

そして、自ら亀頭を自身の秘部にあてがい、そのまま腰を下ろしだす。

「んあぁっ。逞しいオチ×チン、わたしの中にぃ」

艶めかしくも控えめな声を漏らしながら、奈々子が肉棒を受け入れていく。

その行為には、ためらいがまったく感じられなかった。おそらく、既に夫への罪悪感よりも、裕児のペニスを再び味わいたい、という欲望が勝っているのだろう。

そうして、四歳上の爆乳若妻はとうとう最後まで腰を下ろしきった。

「んはああ……やっぱり、裕児さんのオチ×チンはすごいですぅ。こうすると、子宮まで届いているのが、はっきり分かってぇ。このオチ×チンを知ったら、もう夫とできなくなっちゃいそうですぅ」

身体を震わせながら、彼女がそんなことを口にする。

だが、裕児はそれに対して何も言うことができなかった。

(そりゃあ、奈々子さんは美人だし、オッパイも大きくて、すごく可愛らしいと思っているけど……)

とても本人を前には言えないが、夫から完全に寝取って自分のモノにしたいと思うほど、裕児は奈々子を求めていなかった。こうして肉体関係を持っているのは、恋愛と言うより原始的な肉欲によるところが大きい。

その意味では、本来なら千羽耶こそが唯一、裕児が求めてやまない相手だと言える。

だが、それを一つになっている女性に告げるのはあまりに失礼だろう。

「んっ。気にしないでください。わたしの身勝手ですからぁ。今は、裕児さんと気持ちよくなりたいだけですぅ」

　こちらの気持ちを察したらしく、爆乳若妻が笑みを浮かべながら言った。そして、腹に手をついて腰を上下に動かしだす。

「んっ、あっ、あんっ、いいっ。はうっ、奥にっ、んはっ、当たるぅ！」

　豊満なふくらみをタプンタプンと揺らしながら、奈々子が甲高い声をあげる。

「ちょっ……奈々子さん、さすがに声が大きすぎでしょう？」

　慌てて裕児が注意すると、彼女も上下動を小さくした。

　何しろ、医務室のすぐ近くには事務室がある。今はドアを閉めているから、少しくらいの声なら聞こえないだろうが、防音はさほど期待できないので、あまり大声を出すと情事に気付かれてしまう可能性が高い。

「んっ、あっ、んんっ……これでもっ、んふっ、いいけどぉ……んっ、あっ、もどかしくてぇ」

　爆乳若妻が、小さな抽送で控えめな喘ぎ声をこぼしながら、なんとも不満そうに言う。どうやら、この程度の動きでは物足りないらしい。

　それに、乳房の揺れも小さくなり、こちらも見ていてもイマイチ面白みが感じられなくなった。

「だったら、身体を倒して僕が枕にしているタオルを噛んだらどうですか？」

と、裕児は思いつきを口にしていた。

キスでもいいが、息のしづらさなどを考えると、そのほうがお互い楽な気がする。

「んんっ、そうですね。それじゃあ……」

奈々子は、いったん動きを止めてそう応じると、上体を倒してきた。そして、裕児に抱きつくような体勢になると、「はむっ」と小さな声をあげてタオルに噛みつく。

（ふおっ。オッパイが、鎖骨のあたりに当たって……）

爆乳の感触が胸の少し上に広がり、その心地よさに裕児は内心で声をあげていた。

こういう感触は、由紀や千羽耶でも味わっているが、彼女くらい存在感があるバストにもなると、押しつけられただけで快感がもたらされる気がしてならない。

「んっ……んっ、んっ、んんっ、んむうっ……！」

こちらの昂りを知ってか知らずか、奈々子が抽送を再開してくぐもった声を漏らし始めた。ただ、口を塞いでいる安心感があるのだろう、その動きは先ほどまでより激しい。

「ううっ。奈々子さんの中、すごく気持ちいいですっ」

裕児は、小声でそう口にしていた。

爆乳若妻の顔は、頬同士がくっつくほど近くにあるため、囁くような声でも充分に耳に届いているはずだ。

実際、彼女は「んんっ」と嬉しそうな声を漏らし、腰の動きをさらに激しくする。

奈々子の膣内は、潤滑油がしっかり出ているとはいえやや狭めなので、こうして動かれると一物が強くしごかれる。そうして、己の分身が肉壁をかき分ける感触が、得も言われぬ性電気を発生させて脳を灼く。

「んっ、んっ、んむっ！　んんっ、んんんっ、んむっ、んんっ……」

いっそう腰の動きを速めた若妻が、いよいよ切羽詰まった声をこぼしだした。

その声を耳元で聞いていると、こちらも自然に昂ってきてしまう。

加えて、これだけ密着していると、豊満な乳房の感触はもちろんのこと、汗の匂いと女性の芳香が鼻腔をくすぐり、牡の本能を刺激する。

おかげで、射精感が一気に湧き上がってきた。

「奈々子さん。僕、そろそろ……抜かないと」

「ふはっ、中にっ。あんっ、中にくださいっ。んはっ、わたしの中っ、あんっ、また裕児さんのミルクでっ、あうっ、満たしてくださいっ」

こちらの訴えに対して、奈々子がタオルから口を離して応じる。

「で、でも……」

確かに、彼女にはもうシャワーブースで中出ししている。だが、いくら相手が欲求不満を溜めているとはいえ、結婚一年未満の女性の子宮に再び精を注ぐのは、いささか気が引けてしまう。

「んあっ、いいですっ、あんっ、欲しいのっ。はうっ、お腹いっぱいっ、んはっ、出してくださいっ。あっ、んっ、はふっ……」

と言って、奈々子がきつく抱きつきながらまたタオルを噛み、腰の動きを小刻みなものに切り替える。

どうやら奈々子も、すっかり裕児のペニスの虜になってしまったらしい。

（ええい！　こうなったら、奈々子さんのリクエストに応えてやろうじゃん！）

そう開き直って、裕児も彼女の腰を摑んだ。そして、自ら腰を突き上げだす。

「んんーっ！　んんんっ！　んむっ、んんっ……！」

奈々子が、驚いたように目を見開き、今までとは異なる声をあげる。

しかし、横目で様子を見た限り、驚いているようだが気持ちよくなっているのは間違いなさそうだ。

（医務室のベッドだから、さすがにマットレスの弾力がほとんどなくて動きにくいけど……）

とはいえ、小さく動かすには支障がない。ましてや、彼女のほうも動いているので、タイミングを合わせれば快感は一気に増幅する。

「くうっ……本当に、もう出るっ」

そう口走るなり、裕児は爆乳若妻の中に出来たてのスペルマを注ぎ込んだ。

「んんんっ！　んむううううぅぅぅぅぅぅぅ!!」

途端に、奈々子もくぐもった声をあげて全身をピンッと強張らせた。

彼女もエクスタシーに達したのは、その様子からも明らかである。

そうして射精が終わると、その身体から一気に力が抜けた。

「ふはあ……濃いミルク、また中にいっぱぁい……これ、やっぱりすごすぎですぅ」

そんなことを言いながら、爆乳若妻がこちらに目を向けてくる。

彼女の熱っぽい視線に、裕児は射精後の虚脱感に浸りながらも、戸惑いを覚えずにはいられなかった。

3

三月に入り、「ほほえみ」と九人制バレーチームの体育館の使用を賭けた試合まで、残り数日と迫った。

この間、「ほほえみ」の面々は裕児の指導を受け、最初の頃とは見違えるほど実力をつけていた。今の調子であれば、こちらを舐めている相手チームの鼻を明かせる気がする。

（ここまで、やれることはやったし、あとは試合当日に体調を崩したりする人がいないのを祈るだけだな）

そんなことを考えつつも、裕児は今日もデリバリーサービスのアルバイトに励んでいた。

実家暮らしだし、実は欲しかったものを買うお金も貯まったので、本来ならばもうそこまであくせく働かなくても大丈夫だった。

しかし、「仕事」を言い訳にしないと、千羽耶はもちろん、由紀や奈々子からの誘惑を断りきれない。そのため、「ほほえみ」の練習日以外は日々アルバイトに励んでいる次第だ。

裕児は、奈々子との二度目のセックス以降、全員との関係を断っていた。

ちなみに千羽耶は、奈々子との二度目の関係のことを知っても、「気にしていないわ」と言っていた。

（ちー姉ちゃんにとって、僕は恋人や夫じゃないからなぁ）

おそらく、自分自身も夫を裏切っているのに、友人たちに嫉妬して怒ったり、裕児への独占欲を見せるのは筋違いだ、と思っているのだろう。

ただ、又従姉がそんな割り切った考えを持っているとしても、こちらはそういうわけにいかず、なんとも言えない罪悪感に苛（さいな）まれていた。

とにかく、三人はそれぞれに異なった魅力のある美女なのである。彼女たちが独身であれば、迫られることに戸惑っても、きっと嬉しい悲鳴をあげていただろう。だが、よりにもよってと言うべきか、全員が夫不在の身とはいえ既婚者なのだ。

もちろん、これが千羽耶だけであれば、不倫でもなんでも彼女を堕として自分のモノにすることに、ためらいはなかったかもしれない。

しかし、成り行きのような形で複数回の関係を持った元モデルの若妻と爆乳新妻とのことは別である。

（このままじゃ、ちー姉ちゃんにはもちろんだけど、由紀さんと奈々子さんにも悪いし……）

たとえ、彼女たちが裕児との関係について「セックスフレンド」的なドライな考えを持っているとしても、男女の関係について経験が浅いこちらは、そう簡単に心の整理をつけられなかった。

このような中途半端な気持ちのままでは、千羽耶との関係に溺れる気にもならない。

結局、そんな思考の混乱もあって、最近の裕児はチームの練習の面倒をしっかり見つつも、三人の美女との過度の接触を可能な限り避けていた。

当然、魅力的な肉体を貪れないことに寂しさはあった。だが、これればかりは仕方があるまい。

そんなことを考えながらも、裕児は夕方から次々に舞い込むデリバリーの依頼をこなしていった。

そうして、二十時を過ぎて一段落したところで、配達パートナー専用アプリをオフラインにする。これで、今日の仕事は終了となる。

それから、自宅に向かって走りだそうとしたとき、狙い澄ましたようにホルダーに固定したスマートフォンに電話の着信があった。見ると、「園部由紀」と名前が表示されている。

「由紀さんが、わざわざ電話してきて……どうしたんだろう？」

なんとなく嫌な予感はしたが、とりあえず無視もできないので自転車を止め、電話に出る。

『あっ、裕児？　そろそろ仕事が終わった頃かしら？』

「はい。ちょうど、家に帰ろうとしているところで」

『だったら、これからあたしのマンションに来てちょうだい。作戦会議ついでに、ウチでご馳走してあげる。今から、急いで来ること。いいわね？』

一方的にそう言って、彼女は電話を切ってしまう。

突然の話に、裕児はスマートフォンを手にしたまま呆然とするしかなかった。

「……なんなんだ、今の電話？　それに、作戦会議ってどういうことだろう？」

そのような予定がある、という話は聞いていないが、メンバーが勝利に向けて作戦を考えようと、自主的に集まったのかもしれない。そうして話し合ったが、収拾がつかなくなったので裕児に連絡してきた、という可能性はあり得る。

ただ、こちらから電話をかけ直しても無駄だろう。あの若妻の性格と今の一方的な口ぶりからして、「とにかく来て」の一点張りになるのは容易に予想がつく。

「はぁ……さすがに、無視するわけにはいかないよなぁ」

裕児は、ため息交じりにそう独りごちていた。

由紀の言葉の真偽はともかく、この誘いを無視した場合、チームの連携に問題が生じる可能性がある。試合を目前にした大事なタイミングで、監督兼コーチである自分が、その原因を作るわけにはいかない。

そう考えた裕児は、改めてペダルに足を置いて自転車を走らせだした。

そして、しばらく走って由紀が住む高級マンションへ行き、デリバリーのリュックを担いだままエントランスでインターホンパネルの部屋番号を押す。

『あっ、やっと来たわね。すぐに開けるから』

こちらが言葉を発するより先に、そんな由紀の声がスピーカーから聞こえてきて、エントランスの内側の自動ドアが開く。

裕児は、いかにも部屋へ配達に行くというふうを装って中に入り、エレベーターで由紀の部屋の階へ向かった。

そうしてエレベーターを降りると、薄手のセーターにスカート姿の由紀が既に玄関ドアを開けてこちらを見て、手を振っていた。

三月半ばのこのあたりは、今の時間になるとまだかなり冷え込む。だが、このマンションは内廊下になっているため、廊下の温度が適度に保たれていた。だからこそ、開けて待っていても苦にならないのだろう。

「お待たせしました、由紀さん」

「まったくね。さあ、入ってちょうだい」

近づいて挨拶をすると、若妻が急かすように裕児を招き入れる。

こちらとしては、もはや素直に従うしかなく、「お邪魔します」と玄関に入る。

そうして見ると、玄関には彼女のものの他にもう二足、女性物の靴があった。そのことを気にしつつ、靴を脱いで廊下に上がる。

すると、由紀がドアに鍵をかけ、さらにご丁寧にチェーンまでかけてあとに続いた。

彼女の顔には、何やら妖しい笑みが浮かんでいる。

「あ、あの、由紀さん？」

「いいから、早くリビングに行って」

不安を抱いた裕児に対し、若妻が笑顔でそう促す。

さすがに逆らえず、廊下を進んでリビングルームのドアを開ける。

だが、裕児はそこで、「なっ!?」と声をあげて立ち尽くしてしまった。

リビングのソファには、千羽耶と奈々子が座っていたのである。

「裕児くん、いらっしゃい」

「本当に、由紀さんと裕児さんもエッチしていたんですねぇ」

二人がこちらを見て、そんなことを言う。

ただ、自分が肉体関係を結んだ女性たちが勢揃いしているのは、さすがに予想外の事態だったので、裕児は返事もできずに呆然とするしかなかった。

「ほら、早く入って」

と、いきなり由紀が背中を押す。

不意を突かれたため、裕児はよろめくように室内に入った。

それから、八歳上の若妻はリビングのドアを閉めて、通せんぼするようにドアの前に立った。どうやら、こちらが部屋から逃げださないようにするつもりらしい。

「あの、これはいったい？　作戦会議って話だったような？」

「あら、作戦会議はちゃんとしていたわよ。ただし、『裕児との関係についての』だけどね」

混乱した裕児の問いかけに、由紀がウインクをしながらからかうように言う。

（た、確かに、そういや電話じゃ「なんの会議か」は言ってなかったな）

それなのに、バレーボールのことだと勝手に思ったのは裕児自身なのだから、さすがに二の句を継げなくなってしまった。

とはいえ、ちょっとした騙し討ちを食らったような気分ではある。

「あの……僕との関係についての会議って、その、いったいなんの話し合いを？」

「あたしたち、みんな裕児とセックスしているでしょう？　でも、千羽耶としたらあたしの相手をしてくれなくなったし、そうかと思ったら奈々子と二回目をしたあと、全員を避けるようになったし……」

「そ、それは……」

「裕児くんは真面目だから、わたしたちとの関係で罪悪感を抱いているのよね？」

由紀の言葉に言い淀む裕児に対し、千羽耶が図星を突いてきた。

さすがに、生まれた頃からの付き合いがある又従姉だけあって、こちらの心理を的確に把握している。

「さっき、千羽耶からその話を聞いたんだけど、裕児はちょっと深刻に考えすぎよ」

「そうですね。わたしたち自身がしたいと思って求めたんですから、裕児さんはあまり気にしなくていいと思います」

「皆さん……」

由紀と奈々子の言葉に、裕児は胸が熱くなるのを抑えられなかった。

ずっと思い悩んでいたが、このように女性のほうから気を使われると、かえって申し訳ない気持ちになってしまう。

だが、そうして裕児が少し安堵したとき。

「というわけで、これからは裕児を三人でシェアしようってことで、話がまとまったから」

八歳上の若妻のあっけらかんとした言葉に、裕児は目を点にして「へっ？」と間の抜けた声をあげていた。

まさか、自分がいないところでそんな話になっていたとは。

「それでね、せっかくだから今日は４Ｐをしたい、と思っているんだけど、もちろん裕児はいいわよね？　まぁ、嫌だと言っても拒否権を与えるつもりはないけど」

と、由紀が悪戯っぽい笑みを浮かべながら言う。

「よ、４Ｐ!?　いや、それはマズイんじゃ……」

そう言いかけて、千羽耶と奈々子のほうを見ると、二人とも頬をやや赤らめながら濡れた目を向けている。

「ここ最近、裕児くんとしていないから、わたしもなんだか身体が疼いちゃってぇ」

「このままだと、試合のときまでに我慢できなくなりそうだったから、試合前の景気づけも兼ねてみんなでしよう、って話し合っていたんですぅ」

「と言うわけで、今夜は裕児に、あたしたちの相手をとことんしてもらうわよ。ふふっ、楽しませてちょうだいね」

そう言った三人の笑顔から、裕児はまるで獲物を捕らえた肉食獣のような迫力を感じずにはいられなかった。

4

「ピチャ、ピチャ……」

「レロロ……んっ、ンロロ……」

「チロ、チロ……」

「くうっ！　そ、それ……はうっ！」

三枚の舌がペニスを這い回り、それによってもたらされる鮮烈な性電気に、裕児は我ながら情けなくなるような声をあげていた。

今、下半身を露わにしてソファに座った、と言うより座らされた裕児の足下には、下着姿の千羽耶と由紀と奈々子が跪いて、勃起した一物に熱心に舌を這わせている。

単独のフェラチオでも気持ちいいのだが、トリプルフェラとなると快感の度合いが単純に三倍どころではないくらい増している気がした。

欲望を剝き出しにした三人の美女に取り囲まれた裕児は、さすがに逃げだすこともできず、彼女たちのなすがままにされるしかなかった。そして、あれよあれよという間に今のような状況になってしまったのである。

自分よりも背の大きな女性たちに囲まれると、集団逆レイプされそうな錯覚を抱くくらいの威圧感があった。あれを振り切って逃げることは、おそらくどんな男でも不可能だろう。

（くうっ。こ、これは気持ちよすぎる！）

トリプルフェラでもたらされる心地よさに、裕児はいつしか酔いしれていた。

三人一緒の奉仕など、もちろん初めてである。それに加えて、ここ最近は女体に触れること自体がご無沙汰だった。おかげで、「制止しなくては」という理性が働いても、分身からの快感の大波にあっさり流されてしまう。

とにかく、三人の美女が頰を寄せ合い、亀頭と竿に舌を思い思いに這わせている光景など、夢にも見たことがなかった。それだけに、この快楽を自ら打ち切ろうという気にならない。

そうして、心地よさに浸っていると、間もなく射精感が湧き上がってきた。

すると、そのことに気付いたらしく中央に陣取った由紀が舌を離した。

「千羽耶、奈々子、ちょっとストップして」

最年長の人妻の指示を受け、両サイドにいる二人の若妻も、少し残念そうな表情を浮かべつつペニスから舌を離す。

性電気を止められた裕児が、思わず視線を下ろすと、目を合わせた由紀が妖しい笑みを浮かべながらペニスを優しく握ってきた。そのため、快感の注入は止まったが、もどかしい心地よさは続いている。

「裕児、射精したいかしらぁ？」

「そ、そりゃあ、もちろん」

八歳上の若妻の問いかけに、こちらも素直に応じる。

ここで見栄を張って彼女の言葉を否定することなど、さすがにできるはずがない。

「だったら、これからもあたしたちとセックスするって誓いなさい。そうしたら、気持ちよくイカせてあげる」

「そ、それは……」

由紀の提案に、裕児はなおも躊躇して二の句を継げずにいた。

三股をして、しかもそれを各々の女性が把握した上で、全員が関係の継続を求めている。これがどれほど異常な状況なのかは、こちらも理解しているつもりだ。

こんなことを受け入れてしまったら、自分が本当にアブノーマルな世界に入り込んでしまう気がしてならない。

（本当なら、拒否しなきゃいけない……いけないんだけど……）

何しろ、カウパー氏腺液が出るくらい興奮したところで、お預けを食らってしまったのだ。一刻も早く射精したい、という本能が抑えられない。

それに、三人は人妻とはいえ、それぞれが見目麗しく異なる魅力を持つ美女である。そんな女性たちから関係を求められて、悪い気などするはずがなかった。

ましてや、三人が一堂に会して、足下から期待に満ちた熱い眼差しを向けてきているのだ。これを拒めるのは、特殊性癖の男だけではないだろうか？

「ああっ、もう！　分かりました！　これからも、皆さんとエッチします！　だから、続きをお願いします！」

これ以上、我慢させられることに耐えきれなくなり、裕児はそう口にしていた。

「よろしい。それじゃあ、三人で裕児のことを思い切りイカせてあげましょう。レロ、レロ……」

と、由紀が改めて亀頭に舌を這わせだす。

「あっ、もう。チロ、チロ……」

「わ、わたしも。ンロ、ンロ……」

千羽耶と奈々子も、続いて最年長の人妻に頬を寄せるようにしながら、声を漏らして熱心に舌を這わせてくる。

「くううっ！　そ、それっ！　はううっ！」

先端部からの鮮烈な刺激が再びもたらされて、裕児はおとがいを反らして甲高い声をあげていた。

亀頭を三枚の舌で集中的に責められた快感は、想像の遥か上を行く。ましてや、美人若妻たちが頬を寄せ合い、情熱的に舐め回してくれているのだ。

その刺激と光景が、裕児の中の興奮ゲージを一気にレッドゾーンへと押し上げる。

「ああっ！　もう出る！　くはああっ！」

と呻くなり、限界を迎えた裕児は三人の顔面めがけてスペルマを発射していた。

「はあぁん！　ザーメン、出たぁ！」

「ああっ、濃いの、かかるぅ！」

「ひゃうんっ！　すごいですぅ！」

由紀と千羽耶と奈々子が、それぞれに悦びの声をあげながら、白濁のシャワーを顔に浴びる。

既に経験していることもあるのだろうが、彼女たちはいずれも恍惚とした表情を浮かべており、顔射への嫌悪の感情は微塵(みじん)も感じられない。

そんな三人の姿があまりに煽情的で、射精しているのに裕児の興奮はまったく収まる気配を見せなかった。

5

「はぁ、すごい量。それに、とっても濃くて、しかもあんなに出したのに、まだ硬いまま……やっぱり、裕児のオチ×ポってすごいわぁ」

「んはあ……由紀さんでも、そう思いますか？」

顔の精を処理し終えた八歳上の若妻がこぼした感想に、千羽耶がそう問いかける。

「ええ。こんなに逞しいオチ×ポ、あたしも今まで経験がなかったわ」

「んっ……ですよね？　夫のが、その、極端に小さいんじゃなくて、裕児さんのがすごすぎるんですよね？」

由紀の返答に対して、奈々子も安心したように言う。

この面子の中で、裕児と関係を持つ以前に夫以外の、複数の男性との経験があるのは由紀だけである。したがって、生の男性器の比較ができるのも彼女しかいない。

そんな人間から見ても、裕児のモノは「すごい」という感想が出るのだ。

つまり、千羽耶や奈々子の夫のペニスが平均的な大きさだとしても、裕児のサイズはそれを遥かに超えている、ということである。それが、夫しか男を知らなかった又従姉と爆乳若妻にとって、年下の男とのセックスに溺れる体の良い言い訳になっているのかもしれない。

裕児が、ソファに座ったまま射精の余韻に浸りながらそんなことを考えていると、八歳上の若妻が立ち上がった。既に、彼女の恥部からは蜜が溢れている。

「んふっ。トリプルフェラの最中に、あそこを弄っていたの。それに、三人ですることにも興奮していたし、裕児のオチ×ポが久しぶりだったから、すっかり濡れちゃったわぁ」

こちらの視線に気付いた由紀が、妖しい笑みを浮かべながら言って、さらに言葉を続けた。

「さて、まずは久々のあたしからしてもらうわよ？」

それを聞いた裕児は、千羽耶と奈々子のほうに目を向けた。

すると、二人が「仕方ない」という表情で首を縦に振って了承の意思を示す。おそらく、あらかじめ行為の順番まで決めていたのだろう。

その間に、由紀が隣の座面に手をつき、ヒップを突き出す体勢になっていた。

「裕児、久しぶりだからバックでお願ぁい」

と乞われて、裕児は「あっ、はい」と慌ててソファから立ち上がり、彼女の背後に回り込んで肉茎を秘部にあてがった。

ここまで来たら、もはやためらう必要もあるまい。

そう開き直った裕児は、分身を八歳上の若妻の秘裂に一気に押し込んだ。

「んはああっ！　入ってきたぁぁ！」

歓喜の声をあげ、由紀が一物を受け入れる。

そうして奥まで挿入すると、裕児はすぐに彼女のウエストを摑んで抽送を開始した。

「んあっ、あんっ、いいっ！　あんっ、やっぱりっ、ふあっ、裕児のオチ×ポッ、あんっ、最高よぉ！　あんっ、はあっ……！」

たちまち、由紀が悦びの喘ぎ声をこぼしだす。

（くうっ。久しぶりの、由紀さんのオマ×コ……思えば、由紀さんとエッチしたこと

から、すべてが始まったんだよなぁ）

　ピストン運動をしながら、裕児はそんなことを思っていた。

　もしも、この若妻と関係を持たなかったら、千羽耶との関係も進展しなかっただろうし、奈々子を抱くこともなかったに違いない。

　そう考えると、改めて由紀に対する感謝の気持ちが湧いてくる。

　そこで裕児は、自分の思いを込めて彼女の乳房を鷲掴みにした。そうして、腰の動きをいちだんと激しくする。

「ふあっ、ああっ！　裕児っ、あんっ、手ぇ！　んあっ、腰使いっ、はううっ、上手にっ、んはあっ、なってぇ！　はうっ、いいわぁ！　あんっ、あんっ……！」

　八歳上の若妻の歓喜の喘ぎ声が、ますます大きく甘いものになっていく。

「ああ……由紀さん、羨ましい」

「すごく気持ちよさそうですぅ。はあ、なんだか見ているだけで変な気分になってきましたぁ」

「じゃあ、こっちも準備をしようか？」

　千羽耶と奈々子が、そんな会話をするのが聞こえてきた。

　抽送を続けつつ目を向けてみると、床に座った二人が向かい合い、互いの胸や性器をまさぐりだしたところである。

「んあっ、奈々子ちゃんのオッパイ、あんっ、すごく大きいからぁ。はうっ、揉みごたえがあってっ、ふあっ、羨ましいぃ！　あううっ、あんっ……」

「あんっ、千羽耶さんのオッパイのほうがぁ、はうっ、形もよくてっ、んああっ、大きさもちょうど良くてぇ！　ふあっ、羨ましいですぅ。ああっ、はああっ……」

又従姉と爆乳若妻が、愛撫し合いながら相手の乳房を褒め合う。

(由紀さんのオッパイもそうだけど、それぞれに違う魅力があるんだから、別に羨ましがったりする必要はないんじゃないかな？)

そうは思ったものの、おそらく彼女たちには男に理解することができない思考が働いているのだろう。

ただ、愛撫し合う二人の姿を見ていると自然に興奮が煽られて、裕児はついついバストを揉む手の力を強めながら、腰の動きも速めていた。

「ああっ、それぇ！　んあっ、激しっ……あんっ、久しぶりだからっ、ああっ、すぐにっ、はううっ、イッちゃいそう！　あっ、あんっ……！」

と、八歳上の若妻が限界を口にする。

実際、彼女の膣肉の蠢きが増して、絶頂が近いことをペニスに伝えてくる。

「くうっ。こっちも、そろそろ……」

裕児も、抽送を続けたまま限界を訴えていた。

先ほどあれだけ出したのだから、自分でももう少し長持ちするかと思っていた。だが、久々に味わった由紀の膣の心地よさと乳房の感触に加えて、千羽耶と奈々子の愛撫のし合いを目の当たりにしていることが、予想以上に興奮を煽っていたようである。

「ああっ、中よぉ！　あんっ、中にっ、はうっ、ちょうだぁい！　んああっ、あたしの中っ、あんっ、濃いザーメンでっ、ふあっ、満たしてぇ！　あっ、ああっ……！」

由紀が、切羽詰まった声でそう訴える。

(ちー姉ちゃんと奈々子さんがすぐ側にいるのに、中出しをするなんて……)

という思いが、さすがに裕児の心をよぎる。

もっと経験が浅ければ、不安から彼女の言葉を無視して抜いていたかもしれない。

しかし、今は膣内射精を求められた興奮が先に立ってしまう。

(中出ししても、きっと由紀さんなら自分でなんとかするだろう)

そう割り切って、裕児は腰の動きをさらに速めた。

「あっ、あんっ、あんっ、イクッ！　はああっ、もうっ、んはあっ、イクのぉ！　あんんんんんんんんんんん!!」

と、由紀が身体を強張らせて、絶頂の声をあげる。最後に声を嚙み殺したのは、いくら防音に優れたマンションとはいえ、まともに叫んだら声が隣室などに聞こえてしまうかもしれない、という不安故だろうか?

同時に、膣肉が激しく収縮して、ペニスに甘美な刺激がもたらされる。

そこで限界を迎えた裕児は、「ううっ」と呻くなり彼女の子宮に精を注ぎ込んだ。

「んはああ……中に出てるぅ……」

身体を震わせながら、八歳上の若妻が満足げにそんなことを口にする。

射精を終えて、胸から手を離して腰を引くと、白濁液が掻き出されてドロリと床にこぼれ落ちる。

それに合わせて、由紀がソファに突っ伏してその場にへたり込んだ。

「うわぁ。濃そうなミルク、あんなに出てきて……」

「自分も出してもらっているから、分かっていたつもりだったけど、他の人のあそこから出ているのを見ると、やっぱり驚きの量よねぇ」

愛撫の手を止めた奈々子と千羽耶が、年上の若妻を見ながら感想を口にする。

二人の股間を見ると、既に蜜が内股に筋を作っていた。あれだけ濡れていれば、挿入に支障はないだろう。

「えっと、ちー姉ちゃんと奈々子さんもするってことで、いいんだよね？」

「あっ、はい。あの、わたしからお願いします」

裕児が遠慮がちに聞くと、奈々子が我に返ったように応じ、床に仰向けに寝そべった。どうやら、彼女は正常位を望んでいるらしい。

考えてみると、シャワーブースでは立位、医務室のベッドでは騎乗位と、ここまで奈々子と正常位ではしていなかったのだ。

そう思うと、ベーシックな体位なはずなのに、妙に新鮮に思える。

興奮を覚えながら、裕児は爆乳若妻の足の間に入った。そして、分身を彼女の秘裂にあてがい、一気に挿入する。

「はああんっ！　裕児さんのオチ×チン、来ましたぁ！」

奈々子が、甲高い悦びの声をあげてペニスを迎え入れてくれる。

そうして奥まで挿入し終えると、裕児は彼女の腰を持ち上げて抽送を開始した。

「あっ、あんっ！　はううっ、いいですぅ！　んはっ、大きなっ、あんっ、オチ×チンッ、ああっ、気持ちいいぃぃ！　はうっ、あんっ……！」

たちまち、爆乳若妻が大きな声で喘ぎだす。

そんな彼女の姿に、裕児は由紀や千羽耶としているときと違った興奮を覚えずにはいられなかった。

(なんでだろう？　あっ、そうか。奈々子さんが普通に喘いでいる姿って、これが初めてなんだ)

何しろ、この美女とは二回とも、いつ誰が来てもおかしくない場所でしていたのである。当然、声を出さないように気を使いながらするしかなかった。

したがって、このように喘ぐ姿が新鮮に見えるのは、当たり前のことと言えるだろう。同時に、奈々子とは危ういことばかりしていたのだ、と思わずにはいられない。

(それにしても、こうするたびに大きなオッパイがタプンタプンと揺れるのは、見ているだけで興奮するなぁ)

爆乳なので、仰向けになっても存在感は充分すぎるくらいである。その豊満な双丘が、こちらの動きに合わせて派手に揺れる光景が、なんとも言えない昂りを生みだす気がしてならなかった。

そうして抽送を続けていると、千羽耶が年下の新妻に近づいた。

「見ているだけじゃ、なんだかつまらないし、わたしも手伝ってあげる」

そう言うと、彼女は横から奈々子の豊満なバストを鷲摑みにして揉みしだきだす。

「ひゃううんっ！　ち、千羽耶さんっ、ああんっ、それぇ！　はううっ、奥っ、あうっ、突かれているっ、きゃううっ！　オッパイまでぇ！　はあっ、そんなっ、はうっ、されたらぁ！　きゃふうっ、おかしくなっちゃううぅ！」

爆乳若妻が、悲鳴に近い喘ぎ声を室内に響かせた。

肉棒で奥を突かれながら、他人に乳房を愛撫されるという状況からもたらされる快感をいなせずにいるのが、彼女の言葉からも伝わってくる。

「ああ……奈々子ちゃん、本当に可愛い。それに、仰向けになってもオッパイがすごく目立って……」

そんなことを言いながら、又従姉は奈々子への愛撫を続けた。

（うおっ！　オマ×コの中がウネウネ動いて、すごく気持ちいい！）

一物から予想外の心地よさがもたらされて、裕児は抽送を続けながら内心で焦りを抱いていた。

これほどの膣の蠢きは、過去に二度した爆乳若妻との行為でも感じたことがない。つまり、彼女がそれほどまでに激しく感じている証拠と言える。

奈々子も、セックスをしながら乳房を揉まれた経験自体はあっても、それを別々の人間からされたことがないのは間違いない。おそらく、裕児と千羽耶のリズムが違うせいで、今までにない快感がその肉体を蝕(むしば)んでいるのだろう。

「奈々子ぉ、声が大きすぎぃ。そんな声を出していたら、さすがに近所に聞こえちゃうわよぉ？」

絶頂の余韻から覚めたらしく、ソファの座面に突っ伏していた由紀が、千羽耶と反対側に近づきながら言った。

「ああっ、だってぇ！　あんっ、気持ちっ、あうっ、よすぎてぇ！　あんっ、自然につ、ふああっ、声がっ、はううっ、出ちゃうっ、ひゃうっ、ですぅ！　きゃうんっ、はああっ……！」

八歳上の若妻の指摘に、奈々子が喘ぎながら言い訳を口にする。

「はぁ、仕方がないわねぇ。それじゃあ……んちゅっ」

と、由紀が爆乳人妻の唇を自分の唇で塞いだ。

さすがに驚いたらしく、奈々子が「んんっ！」とくぐもった声をあげて身体を強張らせる。

そうして彼女の声を抑え込んだ由紀は、さらに片手を結合部に這わせてきた。そして、指を動かしだす。

「んんんっ！　んっ、んむうっ！　んんっ、んむむっ……！」

爆乳若妻が、くぐもった声をあげながら足をバタつかせた。おかげで、ウエストを持った裕児に足が当たりそうになる。どうやら、クリトリスを刺激されているらしい。

（うおおっ、オマ×コの動きがますます強くなって……由紀さんに隠れて、奈々子さんの顔が見えなくなっちゃったけど、すごく感じているのが分かる。それに加えて、ちー姉ちゃんがオッパイを揉んでいて……）

そんなことを思うと、自然に腰使いも荒々しくなってしまう。

4P自体が初めてなので、こうして一人の女性を三人がかりで責めるシチュエーションも当然、初体験である。

特に、女性が女性の乳房を揉み、さらに女性同士がキスをしているという構図は、男女一対一の行為とは違った興奮をもたらしてくれる気がしてならなかった。

ましてや、それを動画などで見ているのではなく、自分も本番行為で参加して膣道の変化を実際に味わっているのだ。おかげで、興奮が一気にレッドゾーンに突入して、射精感が湧き上がってくる。

そこで裕児は、半ば無意識に腰の動きを小刻みにしていた。

「んっ、んっ、んっ……んむうううううぅぅぅぅぅぅぅ!!」

先に奈々子が、くぐもった絶頂の声をあげ、全身を強張らせる。

さすがに、子宮をノックされながら乳房を愛撫され、キスをされつつクリトリスを責められては、快感の爆発を我慢できなかったらしい。

そうして、狭い膣肉が激しく収縮すると、こちらもたちまち限界を迎えてしまう。

裕児は、「はううっ！」と呻くと、確認も取らずに人妻の中に出来たてのスペルマを注ぎ込んだ。

爆乳若妻は身体をヒクつかせながらも、抵抗する素振りもなく精を受け止める。

そして、射精が終わるのに合わせて彼女の全身から一気に力が抜けていく。

そこでようやく、千羽耶と由紀が身体を離した。

「ふはあああ……また、熱いミルクが中にいっぱぁい……すっごく、気持ちよくてぇぇ……んはぁ、とっても幸せぇぇ……」

奈々子が放心した表情で、そんなことを口にする。

腰を引いて分身を抜くと、彼女が「あんっ」と残念そうな声をこぼす。

「ふう……っと、あれ？」

ペニスを抜いて吐息をつくなり、裕児は腰に強い疲労感を覚えて、その場に尻餅をついていた。

考えてみると、ランチタイム前からここへ来るまで、適度に休憩を挟んでいたとはいえ、ほぼ半日ずっと自転車で走り回っていたのだ。それなのに、トリプルフェラをされたあと二人の女性を相手に腰を振り続けたのである。行為の最中は気にならなかったものの、気を抜いた途端に一気に疲労が噴出したのだろう。

（さ、さすがに疲れた……）

実際、ペニスもかろうじて勃起を保っているが、先ほどまでのような元気はなくなっている。

「もう。裕児くんったらぁ。まだ、わたしが残っているのよ？」

と、千羽耶がこちらの股間を見て不満げに言う。

「そんなことを言われても……」

裕児は、弱音を口にしていた。

いくら魅力的な肉体を目にしていても、この疲労感と二度のセックスによる虚脱感はそうそう消えるものではない。それに、ここからさらに腰を酷使したら、明日以降に支障が出てしまいそうだ。

「ねえ？　オチ×ポの元気は少しなくなっているけど大きいままだし、騎乗位か座位でしたらどうかしら？」

見かねたらしく、横から由紀が提案してきた。

「あっ。それじゃあ、実はわたし、まだしたことのない体位があって……それを試したいんだけど、いいかしら？」

　年上の若妻の言葉に、又従姉がポンと手を叩いてそう問いかけてくる。

（したことのない体位？　なんだろう？）

　彼女とは一時期、発情した動物のようにほぼ毎日求め合い、さまざまな体位を経験した。もちろん、四十八手と言われるような体位のすべてを試したわけではないし、重複したものもある。ただ、瞬間的に思いつくものはない。

　そんなことを思いながらも、裕児は首を縦に振った。

「じゃあ、裕児くん？　ソファに座ってもらえる？」

　千羽耶のリクエストを受けて、裕児は怠さを我慢しながら立ち上がり、ソファに腰を下ろした。そうして、思わず「ふう」と吐息を漏らしていると、又従姉が背を向いてまたがってくる。

「座位はしているけど、こっち向きでしたことはないから……今回は、これでしましょうね？」

　と言うと、彼女はためらう素振りもなく一物を握り、自分の秘裂と位置を合わせた。

（うあっ。ちー姉ちゃんの手……）

　既に、何度も経験しているはずだが、こうして憧れの相手に触られると、それだけで自然に血液が陰茎に集中して硬さが回復してしまう。

それに、確かに背面騎乗位はしたことがあるものの、背面座位の経験はない。そのため、先ほどの奈々子のときと同様に、未体験の体位への期待が興奮を煽る。

「んっ。また元気になってきたぁ。それじゃあ、挿(い)れるわよ？」

と言うと、千羽耶が腰を沈めだした。

すると、たちまち肉棒が温かな膣肉に包まれていく。

「んあああっ！　入ってきたぁ！　裕児くんのっ、んんっ、オチ×チンン！」

悦びの声をあげ、又従姉がさらに腰を下ろしてペニスを飲み込んでいく。

そして、ついに陰茎が彼女の膣肉に包み込まれた。陰囊(いんのう)に近い肉棒の裏側がやや露出しているのは、この体位である以上は仕方のないことだろう。

「あらあら、愛液がどんどん溢れてきて……こうやって他の人の結合部を見ると、やっぱり不思議な感じがするわねぇ」

二人の前にやって来た由紀が、結合部を見つめながらそんな感想を口にする。

「ああ、由紀さんに見られてぇ……とっても恥ずかしい。でもぉ、なんだかドキドキしちゃうのぉ」

そう口にしてから、千羽耶が自ら腰を動かしだす。

「あっ、あんっ、いいっ！　んあっ、裕児くんのっ、あんっ、やっぱりっ、はあっ、すごいのぉ！　はうっ、あんっ……！」

たちまち、又従姉が歓喜に満ちた喘ぎ声をリビングに響かせた。

「この体位だと、裕児のオチ×ポがオマ×コに出入りしているのが丸見えだわ。すごくエッチよ？」

と、由紀が結合部に顔を近づけながら言う。

「ああっ、そんなに近くでっ、んはっ、恥ずかしっ、はううっ！　でもっ、あんっ、もうっ、ふああっ、やめられないのぉ！　あんっ、あんっ……！」

千羽耶は、そんなことを言いながら腰を動かし続けた。

「うわぁ。本当です。お汁がジュブジュブ音を立てて垂れて……オチ×チンが入ったオマ×コって、こんなふうになっているんですねぇ？」

絶頂の余韻から覚めた奈々子も、由紀の隣に来て二人の結合部を見つめながら感想を漏らす。

（くうっ。由紀さんと奈々子さんに見られながら、ちー姉ちゃんとセックスしているなんて……）

裕児は、通常とは異なる興奮を覚えながらも、戸惑いも抱かずにはいられなかった。

　千羽耶に見られながら、他の女性と交わることにも妙な背徳感があった。だが、他の女性に見られつつ憧れの又従姉とセックスをするのは、また違った昂りが生じている気がする。

「んあっ、裕児くんっ、あんっ、オチ×チンッ、ビクンってぇ！　あんっ、はあっ、いいのぉ！　ああっ、もっと、あんっ、もっとぉ！　はうっ、あんっ……！」

　こちらの興奮が、ペニスを通して伝わったらしく、千羽耶が腰を動かして喘ぎながら言う。

　すると、由紀と奈々子は顔を見合わせ、目で会話をしたらしく互いに頷いた。そうして、二人が千羽耶の乳首にしゃぶりつき、舌を這わせだす。

「レロ、レロ……」

「ピチャ、チロ……」

「ひゃううっ！　乳首ぃ！　あんっ、二人がかりっ、んあっ、なんてぇ！　ひうっ、弱いからっ、ああっ、駄目ぇ！　はあっ、ああっ……！」

　もたらされた刺激に、千羽耶がそんなことを口にする。だが、「駄目」と言いながらも腰の動きを止めようとはしない。

　また、膣肉の蠢きも増して、ペニスに得も言われぬ快感をもたらす。口ではなんと言おうと、彼女がかなり興奮しているのは間違いない。

（ああ、なんて気持ちいいんだろう。それに、ちー姉ちゃんの匂いもするし……）

裕児は、肉棒からもたらされる快感に、いつしかドップリと浸かっていた。

何よりも、あの又従姉が自ら腰を振り、そこに由紀と奈々子という二人の美女が加わって愛撫している今の状況が、まるで夢でも見ているかのように思えてならない。

もはや何も考えられず、裕児の心はこの快楽に溺れていたい、という一心に支配されていた。

「あんっ、大声っ、ふあっ、勝手にっ、ああっ、出ちゃうぅ！　んんっ、ふあっ、恥ずかしいのにっ、ああっ……んんっ！　んっ、んむっ……！」

千羽耶が切羽詰まった声をあげ、手の甲を口に当てて自分の声をなんとか殺す。

すると、膣肉の蠢きがいっそう増した。やはり、声を我慢すると自然に身体に力が入るせいか、肉壁にも影響が出るようである。

ただ、そうしてペニスに甘美な刺激がもたらされると、あれだけ射精したあとだというのに、半ば強制的な感じで射精感が込み上げてきてしまう。

「んんっ、ふはっ。裕児くんっ、あんっ、オチ×チンッ、ヒクヒクしてぇ！　あんっ、来てぇ！　ああっ、中にぃ！　はううっ、わたしもっ、もうイクのぉ！　んんっ、んっ、んむううっ……！」

千羽耶が、いったん手の甲を口から離して、そう切羽詰まった声で訴え、再び自分の口を塞ぐ。

どうやら、子宮を突き上げる快感を味わいながら、弱点の乳首を二人の友人に責められるという快楽に、彼女も耐えきれなくなったらしい。

その又従姉の訴えが、裕児の臨界点を突破する一押しとなった。

「くううっ！　で、出る！」

そう呻くように口走るなり、裕児は彼女の中に出来たての精をぶちまけた。

「んはあ！　中に、熱いの出てぇ！　んんんんんんんんんんっ!!」

一瞬、口から手を離して声をあげた千羽耶だったが、すぐにまた自分の口を塞いで天を仰ぎながら全身を強張らせる。

（くおお……ち、ちー姉ちゃんに精液が……）

子宮に「注ぐ」と言うより、「搾り取られる」と言ったほうがいいような、目の前が暗くなる感覚に見舞われて、裕児は心の中で呻き声をあげながら、射精を続けるのだった。

エピローグ

三月半ば過ぎ、改修が終わったあとの体育館アリーナの使用権を賭けた、事実上ママさんバレーボールチーム「ほほえみ」の存亡を賭けた試合が、予定どおりに行なわれた。

裕児が監督兼コーチになった時点では、六人制のルールでの試合という大きなハンデがあっても、相手チームのほうが圧倒的に有利と思われていた。それは、「ほほえみ」の面々も認めていたことである。

しかし、彼女たちは一ヶ月半の練習の成果を存分に発揮した。そして、フルセットで最後はジュースにもつれ込む大接戦になったものの、「ほほえみ」はチームとして初めての勝利をあげ、同時に体育館の使用権も守って解散の危機を脱したのである。

敗北が決まったとき、相手チームの監督が見せた苦虫を嚙み潰したような表情は、実に見物だった。もっとも、自ら申し出たハンデだったのだから、文句など言えるはずもないのだが。

そうして試合後、私服に着替えたメンバーと居酒屋で祝勝会をして、その日は散会と相成った。いや、本来はそのはずだったのだが……。

「んっ、んはっ、んっ、んっ……」

「レロ、レロ……ピチャ、ピチャ……」

「んじゅ……んむむっ、んふっ……」

裕児の家のリビングに、奈々子と由紀と千羽耶のくぐもった声と愛撫の音が響く。

（くうっ。き、気持ちよすぎ……）

口と胸と一物からもたらされる性電気の強さに、全裸でリビングの床に寝そべった体勢の裕児は、心の中で呻き声をあげていた。しかし、ユニフォーム姿の又従姉に横から唇をしっかりと塞がれ、舌も絡みつけられているため、その快楽を声に出せず、「んんっ」と呻くことしかできない。

さらに、裕児のペニスに対して、ユニフォームとブラジャーをたくし上げて爆乳を露わにした奈々子が、熱心にパイズリ奉仕をしていた。

加えて、千羽耶とは反対側に陣取ったユニフォーム姿の由紀も、裕児の乳首を情熱的に舐め回している。

祝勝会の散会後、三人の若妻は示し合わせて裕児の家にやって来た。そして、「二次会」と称し、試合のときに使っていたユニフォームにわざわざ着替えて、この行為を始めたのである。

（はううっ！　ちー姉ちゃんの汗の匂いもして……ああ、なんだか頭がおかしくなりそうだよ！）

三点からもたらされる心地よさと、鼻腔から流れ込んでくる芳香に、裕児は意識が朦朧としてくるのを感じていた。

体育館でシャワーを浴びたとはいえ、激戦の汗を吸ったユニフォームに染みついた匂いが、やけに牡の本能を刺激する。

それに、練習着姿では何度かセックスをしているが、試合用のユニフォーム姿でのプレイは初めてだった。それだけに、新鮮な興奮が生じる。

裕児がそんなことを漠然と思っていると、一心不乱に舌を絡めていた千羽耶が、ようやく唇を離した。

「ぷはっ。はぁ、はぁ……裕児くぅん」

と、濡れた目で見つめてくる表情だけで、又従姉の昂り具合が伝わってくる。

「あ、あの、くうっ。シェアは、ううっ、ＯＫしましたが、はうっ、さ、さすがに４

Ｐは……ううっ」

唇を解放された裕児は、胸とペニスからの快感に呻きながらも、行為への戸惑いを口にしていた。

正直、痴態を他の女性に見られるのは、興奮するものの何度も晒したくない、というのが本音である。それに、４Ｐに慣れてしまうと、自分の性癖がいけない方向に歪んでしまいそうな気がしてならない。

「ふはっ。これは、チームを勝たせてくれて、しかも今後も監督兼コーチを続けてくれる、裕児へのささやかなお礼よぉ」

胸から舌を離して、由紀がそんなことを言う。

「んっ……そうですよぉ。他の人には秘密だし、わたしたち三人が裕児さんにできるお礼は、これくらいですからぁ」

と、パイズリを中断した奈々子が笑みを浮かべる。

チームを勝利に導いた裕児は、祝勝会のときに監督兼コーチを続けることを、メンバー全員から求められた。

勝つ喜びを知った「ほほえみ」の面々は、「バレーボールを楽しむ」という基本的な方針は維持しつつも、大会での勝利も目指すことを決めたのである。そのためには、やはり監督やコーチの存在は必要不可欠だ。

とはいえ、こちらはもうすぐ大学が始まるし、大学三年生となる今度の夏からはインターンシップに参加するつもりなので、今後は春休み中のように面倒を見ていられない。そのため、「他の人が見つかるまでの間、時間の都合がつくときに」という条件で、当面は監督兼コーチを続けることを了承したのだった。

大学卒業まで、まだ約二年の猶予はあるが、それまでに監督を引き受けてくれる人が見つかるかは分からない。しかし、そこは裕児の関与できることではないし、メンバーの奮起に期待するしかないだろう。

(いや、だけど、お礼が4Pって……)

裕児は、爆乳若妻の言葉に内心でツッコミを入れていた。

このまま続ければ、結局は裕児が彼女たちを気持ちよくしてあげることになる。それでは、行為が「裕児に対するお礼」なのか「彼女たちへのご褒美」なのか、区別がつかないのではないか？

とはいえ、火がついてしまった三人の若妻を制止するのが不可能なことも、裕児は既に充分すぎるくらい理解していた。そうであれば、これ以上文句を言うのも無駄な努力というものだろう。

そもそも、彼女たちの夫はいずれ帰ってくるので、今の関係がいつまで続くかは分からない。それまでの間、若妻たちの性的な欲求不満の解消に付き合うのは、セックスの気持ちよさを知った裕児にとっても利がある。つまり、ギブアンドテイクの関係と言えるのだ。

もっとも、裕児のペニスを味わった女性たちが今後、夫のモノに満足できるのかという疑問はあるのだが、さすがにそこまでは責任を持てない。

「さて、それじゃあちょうどいいし、ポジションを入れ替えましょうか？」

と由紀が言うと、千羽耶と奈々子も行動を開始した。

そして、八歳上の若妻が裕児の顔に、爆乳若妻が右側面に、又従姉が股間にそれぞれバレーボールのローテーションをするかのように移動する。

「ああ、裕児くんのオチ×チン、もう先走りが溢れてぇ。あむっ。ング、ング……」

千羽耶が陶酔した様子で、すぐに一物を咥え込むと、顔を動かしてストロークを始めた。

そのため、奈々子のパイズリとは違った快感が分身からももたらされる。

「あんっ、千羽耶さんったらぁ。それじゃあ、わたしはぁ……」

と声をあげた爆乳若妻は、裕児の右腕を持ち上げた。そして、前腕を大きな谷間で挟み込む。

「んはあ。裕児さんの腕ぇ。んっ、はっ、んふっ……」

彼女は、嬉しそうに手で自分のふくらみを動かし、腕パイズリを開始する。

おかげで、前腕から得も言われぬ心地よさがもたらされる。

裕児の前腕をスッポリと包めるのは、奈々子の爆乳のサイズがあればこそだ。千羽耶はもちろん由紀の胸でも、ここまでしっかり挟むことはできない。

そうしてもたらされた心地よさに、裕児は声を漏らしそうになった。が、その前に八歳上の若妻が顔を近づけてきて、唇を塞いでしまう。

「んんっ。んじゅ、んっ、んむる……」

彼女は、すぐに舌を絡みつけてきた。おかげで、舌の接点から鮮烈な性電気が発生する。

(くうっ。き、気持ちよすぎだ……あううっ！)

その三点からの刺激は、先ほどまでとは似て非なるもので、裕児はもたらされる心地よさにすっかり翻弄されていた。

もはや、彼女たちが人妻だとか、4Pが癖になってはまずいのではないかとか、いずれ三人の夫が帰ってくる、といったことも気にならない。今はただ、若妻たちによってもたらされる至上の快楽にひたすら溺れていたい。

(ああ、もう僕……ううっ、そろそろ出そう！)

そうして裕児は、一気に込み上げてきた熱い感覚にドップリと浸ったまま、脳内で始まった射精へのカウントダウンに身を任せるのだった。


(了)

※本作品はフィクションです。作品内に登場する
団体、人物、地域等は実在のものとは関係ありません。

秘密(ひみつ)の若妻(わかづま)バレー部(ぶ)

〈書き下ろし長編官能小説〉

2021年3月15日初版第一刷発行

著者……………………………………………河里一伸

デザイン………………………………………小林厚二

発行人…………………………………………後藤明信

発行所………………………………………株式会社竹書房

〒102-0072　東京都千代田区飯田橋2－7－3

電　話：03-3264-1576（代表）

03-3234-6301（編集）

竹書房ホームページ　http://www.takeshobo.co.jp

印刷所……………………………中央精版印刷株式会社

定価はカバーに表示してあります。

乱丁・落丁の場合は当社までお問い合わせください。

ISBN978-4-8019-2577-9 C0193